芥川龍之介と中島敦

鷺 只雄〈著〉
Sagi Tadao

翰林書房

芥川龍之介と中島敦◎目次

I　芥川の作品をめぐって

II　芥川をめぐる人々

III　中島敦をめぐって

Ⅰ　芥川の作品をめぐって

1 誤解の淵源の深さ——漱石書簡の芥川評をめぐって

方法的反省の要

「芥川と漱石」というテーマを考える場合に、まずどこからはじめたものか。勿論、さまざまの角度からの照明、論究がすでになされていることも、その一因には違いないのだが、私の困惑はもう少し別のところにある。

たしかに従来の論究はその出会いにはじまり、出自・環境から処世法（?）にいたるまで、言わばその人間的側面におけるかかわりの追求は多いのだが、作家にとっては或る意味で本質的と言ってもいい、文学的かかわりについてはかなり手薄で、また具体性と明瞭さを欠くように思われる。勿論テーマの性格自体、困難さをはらむものであることは言うまでもないにしても、原因をその点にのみ帰することは当を得ないので、そこには明らかに一つの方法的反省が必要であると考えられる。具体的に一例をあげれば、次のような論究こそ積極的になされるべきであったのだ。

三好行雄は漱石の「吾輩は猫である」と芥川の「鼻」及び「芋粥」の方法を論じて、次のように言う。(1)

漱石は書き手の猫として、また、書かれるべき珍野苦沙弥として、作中に存在する。猫の笑いは、だから、漱石の自己否定でもあったのだが、その苦悩を苦悩の果てで笑いに転じえたからくりは、猫と苦沙弥との距離—漱石のいう〈余裕〉にほかならぬ—にかかわっている。誰よりもはげしく痛みながら、痛む自己から遠くに身をおいて対象化する方法である。（略）一般に、ある種のペーソスや笑いは〈距離〉のからくりとともに可能である。対象と書く主体との距離、というより対象への共感やシンパシイそのものから、書く主体としての自己をひき離して対象化する方法である。漱石が〈非人情〉と呼んだ方法もこれに近かったのだが、「鼻」の終章にただよう笑いとペーソスは、明らかに、そうした〈距離〉の感覚なしに不可能であった。被害者としての内供をあわれみながら、作者は見るものの遠い距離をあえてちぢめない。（略）芥川が「芋粥」で（略）もっとも忠実に踏襲したのは「鼻」ではじめて成功した被害者を描く方法だった。（傍点原文のまま）

この指摘は鋭く、更に漱石が「鼻」のペーソスの発見者としてまさに「ふさわしいひとり」であり、「ほかの誰よりも瓢逸な風景の背後にひそむ〈思いぞ屈した憂鬱〉を、正確に理解できたにちがいない」との指摘（無論この事についてはすでに多くの先学による同趣の指摘があるが）もまた、十分に首肯されるものであろう。

ところで、誤解はそこから後にはじまるようである。私はそこにこの小稿の問題を置きたいと思う。

芥川理解のズレ

つまり、問題はこうである。漱石は「鼻」を一読して作意を理解し、同時に作者の才能の非凡さを慧眼にも見抜いた。それは作者への賞讃の手紙となり、周囲への推賞として現れ、結果として文壇への登場が早められることとなった。つまり、漱石は芥川の作品の最初の理解者の役を果したのであり、それはまさに「猫」の作者には「ふさわしい」適役だったというべきであり、たしかにほかの誰よりも「正確に理解」できたにちがいない。

しかし、そうした幸運な事情は、それ以後の作品についても必然的に起りうる保証はどこにもない筈である。というよりもむしろ最初の理解者、批評家と作家との幸福な蜜月は、早晩破綻するのが一般的であるとさえ言ってよい。

ところで漱石の場合、後述するように、殆ど疑問もなく、芥川の作品のよき理解者として終始している。しかし、果して漱石は真にそうであったと言えるであろうか。誤解のおそれはないと思うが、私は漱石が芥川の才能を理解しなかったと言っているのではない。何よりもそれは事実が証明していよう。しかし、そのきっかけとなった「鼻」の「正確な理解」は必ずしもそれ以後の作品の「正確な理解」を保証するものではないのではないか、むしろそこには誤解ないしズレがあるのではないか、その点に私は両者の文学的かかわりを考える上での一つの問題点を設定したいのである。従って本稿では芥川の作品とそれを評した漱石の書簡を検討することによって、冒頭のテーマに迫るささやかな一礎石にしたいと思う。

五通の漱石書簡

漱石の芥川宛書簡（久米と連名のものも含む）は全集に五通収録されている（岩波書店　昭和三二年版漱石全集・第三一巻所収）。今それを本稿に必要な範囲で摘記すれば、次のようになる。（一番最初の①～⑤の数字は稿者のつけた整理番号で、次は全集の書簡番号。「　」の中の作品名は書簡中で漱石の評の対象となっている芥川の作品を示す。）

① 2060　大五・二・一九付芥川宛・「鼻」
② 2123　大五・八・二一付芥川と久米宛
③ 2126　大五・八・二四付芥川と久米宛
④ 2128　大五・九・一付芥川と久米宛・「猿」「創作」
⑤ 2130　大五・九・二付芥川宛・「芋粥」

右の書簡に若干の補説をすれば、この年、七月には東大を卒業し、書簡の②～⑤にあたる大正五年八月十七日～九月二日[2]まで芥川は友人の久米と千葉県一の宮に出かけ、海水浴と執筆を兼ねて同地の旅館に滞在していた。書簡の②～④の宛名が久米との連名になっているのはそのためである。

さて、以下に漱石の評と対象になっている作品を照応させせつつ検討して行くことにしたい。

①の書簡

まず①の書簡であるが、これは大正五年二月十五日創刊の第四次『新思潮』に発表した「鼻」について、いち早く評したもので、その推賞の辞は余りにも有名であり、また本稿の趣旨から見た場合、それは作品の内容について分析的に立ち入って批評しているものではないので、後にふれることにしてここでは省略することにしたい。ただ一つだけ言っておきたいのは、その中で、ああいうものを二三十並べれば文壇で類のない作家になれると指摘している点で、これは芥川の才能が本質的に短篇作家に属するものであることをこの一作で見事に洞察しており、それは以後の芥川の中・長篇の試みがいずれも失敗、もしくは欠陥をもつ事実によって裏書きされることになるわけで、注意しておいてよいことと思われる。

②・③の書簡

次に②および③の書簡は、前述したように千葉の一の宮に滞在中の二人に宛てたものであるが、作品評はなく、近況報知と「新時代の作家」を志望する若い友人に、作家の心得を「理解と愛情」に満ちた口調で話しかけている。

勿論「鼻」(二月)以後、それまで芥川は殆ど、毎月書いている。八月までに発表したものでは、「孤独地獄」(四月)、「父」(五月)、「虱」(同上)、「酒虫」(六月)、「仙人」(八月)、「野呂松人形」(八月)等が創作としてはあり、これらについての漱石の評は恐らく山房での木曜会においてなされたものであろう。(3) そして漱石は「鼻」において見出した作者の才華がその後着実に開花して行くのをまのあたりにしてあらためて、自らの評の正しさに自信を深めて行ったにちがいない。③の書簡にある漱石の次の言葉は、そうした経緯を明らかに物語るものであろう。全盛期を過ぎたとは言え、一流の文芸誌である『新小説』にはじめて、作品「芋粥」を書き送った芥川が、発行日の近づくにつれてつのってくる不安な心情を訴えて来たのに対して、次のように激励・断言している。

まだ何か云ひ残した事があるやうだけれども。あゝさうだ。〳〵。芥川君の作物の事だ。大変神経を悩ませてゐるやうに久米君も自分も書いて来たが、それは受け合ひます。君の作物はちやんと手腕がきまつてゐるのです。決してある程度以下には書かうとしても書けないからです。久米君の方は好いものを書く代りに時としては、どつかり落ちないとも限らないやうに思へますが、君の方はそんな訳のあり得ない作風ですから大丈夫です。此予言が適中するかしないかはもう一週間すると分ります。適中したら僕にお礼をお云ひなさい。外れたら僕があやまります。

これは、単純な激励や一時的な気休めの揚言でないことは明らかであろう。それまでの作品によく目を通し、作者の力量と作風を十分に見極めた者にのみ可能な種類の、自信にみちた断言であるからだ。実際「芋粥」は「後に大正五年度の名作として、諸家の屈指するものになった」（吉田精一『芥川龍之介』）のに鑑みても、漱石はまさに芥川のよき理解者であったと言うべきである。

⑤の書簡、評の要点

④と⑤の書簡は九月一日、二日と続けて書かれたものであり、前者では「猿」および「創作」、後者では「芋粥」が評の対象になっており、後者は殊に「芋粥」を論ずる場合に逸すべからざるものとして殆どの研究家に引用されるものである。ところで本稿では、従来殆ど論じられることのない(4)、「猿」にアクセントをおきたいので、一日違いでもあり、便宜順序を逆にして、⑤を先に検討したい。

漱石の評の要点は列挙すれば次のようになるであろう。

(1) 「前半」が「くだ〱しく」「ベタ塗り」で「細叙絮説」にすぎる。物語の面白味は「シンプルなナイーブな点」にあるのだからポイントをとらえて細叙すべき。
(2) 後半は「非常に出来」がよく、「立派なもの」。
(3) 「技巧は前後を通じて立派なもの」で「誰に対したつて恥しい事」はない。
(4) (1)の欠点は要するに「晴の場所へ書きなれ」ないところからでた不必要な「気張り過ぎ」で、「場なれ」すれば、なくなる性質のものである。

ここで問題になるのは(1)の点であるが、従来のこの評に対しての受けとめ方は「突くべき所は突いた(5)」ものという言い方に代表されるように、一般には殆どそのまま認容されていて、深く掘りさげて問題にはされていないようである。

漱石の芥川像

一体「細叙絮説」とは何か。くだくだしい・too laboured・ベタ塗り等という語からすれば、それは一面では表現技術の問題であろうし、また、一方では、シンプルでない・前半の内容があれ丈の労力に価しないという言葉に注目すれば、余りに多くの内容をごたごたと取り入れすぎているという、内容構成上の欠陥の問題をも含んでいると考えられる。

また漱石がこの作品の性格をどのようなものと考えていたかを窺う上で重要なのは次の言葉である。

物語り類は（西洋のものでも）シンプルなナイーブな点に面白味が伴ひます。惜い事に君はそこを塗り潰してベタ塗りに（略）

片々たる語句にこだわるようであるが、いかめしく鎧ったロジックにではなく、むしろ親しく語りかける書簡の中でなにげなく洩らす言葉の中に本音があらわになるという事もまた一面の真理であるとすれば、漱石は「芋粥」を物語、或は物語の要素が強く支配している作品という風に見ているとしてもよいのではないだろうか。少くとも、そこに作者の抱懐する思想なり主張の反映を見るよりも「鼻」に見出したと同質のものを見ているといってよいのではないかと思われる。

そこで想い起されるのは「鼻」の評の中にあった次の言葉である。

敬服しました。あゝいふものを是から二三十並べて御覧なさい文壇で類のない作家になれます

つまり、ここで漱石が芥川に見ているものは「新しい材料」を発見し、それを自在に駆使して「要

領よく整え得る文章」の才能と、一種古典的な完成を遂げている作品の「上品な趣」を感知させる物語作家としての非凡な才能にあったのではないか。だからこそ、これからそういうものを並べて見れば類のない作家になれるとまで言い切り、その方向に進むことを慫慂し、期待していたのではなかったか。

このように見てくるとき、「芋粥」評において「物語りの本質はシンプルでナイーブな点にある」との語が出てくることは、極めて自然であり、むしろ「首尾一貫」していると考えられるのである。

テーマについて

以上のように考えてよければ、次の問題は漱石はこの作品のテーマについてどのように考えていたのであろうかということになる。その点についての我々の判断の重要な材料は、前半はごたごたとり入れすぎてベタ塗りにしてしまったが、後半は非常にすっきりしていてよいという評であろう。ところでこの問題を考える上で示唆的なのは、この作品の享受史である。[6]テーマがいかに理解されてきたかを調べてみると、そこには極めて興味ある事態が見出されるのである。即ち今日までのところ、作家・評論家・研究家の所論は殆ど「理想は理想である間が尊く、それが実現された時には幻滅があるのみ」「理想や欲望は実現されぬうちが花」というところに収斂してくるということである。それはつまり、作品の理解が数十年に亘って殆ど動かないということであり、そうした驚くべき事態を支える背景には、論者に一致して何らかの共通的な理解・前提の存在を想定することなしにはこうした事情を理解することは不可能であり、また不可解というほかはないだろう。

とすればそれは芥川に対するほかならぬ、あの傍観者的な心理分析家というレッテル、あるいはその近代的な解釈という理解のパターンであろう。かくしてそうしたレッテルないし、理解のパターンを前提とするかぎり、テーマ論は一様に同じところに帰結するであろうし、「鼻」において見たものを「芋粥」においても同じく見るという結果になるであろう。

私には、漱石にもこれと殆ど似たような認識があったように思えるのである。すでにのべたように漱石は、新しく多様な材料を発見し、それを要領よく整った文章でまとめあげ、次々と二三十も並べ得る、類のない物語的才能に恵まれた作家と予見していた。従ってそのように予見された質の才能の場合、必要な助言は表現の技術の問題である筈だ。⑤の書簡において、専らその点に「文句」があり、テーマにふれることが全くないのは単に批評の通例という批評一般に還元されるものではなくて、こうした事情によることが大きく、同時にその事は—全くテーマには触れていない点において次にとりあげる「猿」の場合と対比してみても、重視すべきではないかと思う—漱石が「鼻」に見ていたものをこの作品においても見ていたことを物語るのではないか。

それを更に別の角度から考えてみたい。

漱石の場合

漱石は、前半はごたごたとり入れすぎてくだくだしく、ベタ塗りだが、後半はすっきりしていて非常によいと言うのであるが、テーマとの関係でそのもつ意味を考えれば、それは前述した通説のテーマに最も有効な評である。言いかえれば、通説のようにテーマを理解する立場からはそうした不満乃至刈りこみの要請は極めて自然である。何故なら通説の〈幻滅〉の主題とは、五位の欲望が実現される過程において現れるものであり、感得される性質のものであるから、前半において五位がその欲望をもつに至った経過は後半の展開に奉仕する必要な範囲に限定されなければならないからである。従ってもし前半の叙述が、作者の計量の誤りから、許容範囲を逸脱した場合は、当然ながら、漱石の言葉を借りれば「是は悪い結果になります」という事態が起るはずである。

以上のように考えてくると、私には、漱石もまた、この作品に「鼻」的なものを見ていたと考えざるをえない。通説に言う〈幻滅〉の主題である。

しかし、「芋粥」は果してそのように読みとられる作品であろうか。くだくだしい、ベタ塗りという批評は作の真意を果して正確にとらえたものであろうか。また作者にそのまま容認されるものであったろうか。私にはどうしても疑問が残るのである。

新説の提示

ところで、この点に関しては三好行雄に最近の論がある。(7) そこで氏は通説をしりぞけ新たに「〈世の中の本来の下等さ〉」に主題を見、それを、「勝ち犬の恣意によって生の証しを奪われる負け犬の悲劇に托して描いている」とする周到・卓抜な論文で、これによって私の以前からの疑問は殆ど氷解し、今更付け加えるべきものはない。従って「芋粥」の作品論については三好氏の論文に譲ることとして、ここでは私なりの論理で稿を進めることにしたい。

前半の五位の紹介の部分は周囲の軽蔑の中で犬のように生きている五位の姿であるが、特徴的なのは出仕先での下役・上役・同役といずれも具体的な対手との相対的な関係の中で軽蔑され、嘲弄されていることであり、更に物売りや路傍の子供たちにまでそれが及ぶことによって、要するに彼が拒まれた存在であることの図が一往完成するということである。つまり五位は人間の関係の中において常にはじき出され、拒まれる種類の人間として描かれているのであり、それを一往の完成と言ったのは、五位はそれだけではなく、後半の利仁との関係において、遂に「彼がその為に、生きてゐると云つても差支ない」欲望まで奪われることによって最後の仕上げがなされるからである。

作品の骨格をこのようにとらえるなら、心臓の鼓動はどこに聞くべきであろうか。

それは前半の部分において、周囲の無情な仕打に対して五位が示す唯一の反応「いけぬのう、お身たちは」の部分に聞くことができよう。ではその時「その顔を見、その声を聞いた者は、誰でも一時或いぢらしさに打たれてしまふ」のは何故か。

それは「この赤鼻の五位」一人のものではなくて、世の中に無数にいる、あなどられ、ないがしろにされつつもそれにいきどおり、抵抗し、反撃しえず、世間の迫害にべそをかいている人間達の精一杯の恨みを潜めているからである。つまり、五位のそれは世の多数の弱く哀れな人間の悲痛な叫びを共有し、代弁している故に加害者の胸に「一瞬の間、しみこ」むのである。

そしてその叫びを理解したのが無位の侍であるのは故なきことではない。彼はまだ青侍―やっと青年になったばかりである。人生と社会に白紙の心、とらわれず、くもらされない目と心をもった存在であり、更に丹波の国―田舎からポッと出なのだ。世ずれしない、或は田舎者として自らもその時に会わぬことがなかったとは言えない故に五位の声、表情が「どうしても（略）頭を離れな」かったのではないか。かくして、小説のテーマは、この無位の侍の目を通して提示されることになる。

　勿論、この男も始めは皆と一しよに、何の理由もなく、赤鼻の五位を軽蔑した、所が、或日何かの折に、「いけぬのう、お身たちは」と云ふ声を聞いてからは、どうしても、それが頭を離れない。それ以来、この男の眼にだけは、五位が全く別人として、映るやうになつた。栄養の不足した、血色の悪い、間のぬけた五位の顔にも、世間の迫害にべそを掻いた、「人間」が覗いてゐるからである。この無位の侍には、五位の事を考へる度に、世の中のすべてが急に本来の下等さを露すやうに思はれた。（傍点原文のまま）

三好氏の言葉を借りれば「勝ち犬と負け犬の相対的な人間関係によって成りたつ世間の仕組みに、芥川は〈世の中の本来の下等さ〉を見た」のであり、五位の像はその精細な描写によって世間の迫害にべそをかきつづけている「人間」（平安朝のアカーキー達）を浮彫りにし、同時に「世の中の下等さ」を認識させる存在として造型されていると言えるのである。

以上のようにテーマと細部をとらえるとき私には、どうもくだくだしく、ベタ塗りで前半の内容があれだけの労力に価しないという評が首肯しがたいのである。

また彼の緻密な計算と、構成に周到な配慮をする作風、前半の部分に典拠にない部分、あるいは典拠のわずかな部分を大きくふくらませていること、全体で四十二、三枚程のこの作品で、前半の十二枚に九日を費し、残りを三日[8]（乃至七日[9]）で仕上げている事情等を勘案すると一層前半部に作者の独創と苦心の集中していることが歴然としていて猶更首肯しがたいのである。

④の書簡

さて残る書簡は④の一通となったが、そこでは「猿」についてかなり詳細に評がのべられており、またこの作品について論じられることが殆どない事情に鑑みて、この作品の検討からまずはじめたいと思う。

「猿」は『新思潮』（大正五年九月号）に発表されたもので、脱稿の時日は明らかにできないが、芥川が『新思潮』の七月号には何も書かず、八月号には旧稿の「仙人」をのせているなど、かなり執筆に窮していて、それは新思潮は同人が少ないので万障をくり合せて「原稿をかく必要があるその為月の上半分は忙しい」（大五・七・二五日付恒藤宛）という書簡にもあらわれているが、しかし創作意欲は極めて旺盛で、右の書簡の後半でも「僕は来月の新小説へ芋粥と云ふ小説を書く（略）偸盗と云ふ長篇をかきかけたが間にあひさうもないのでやめた書きたい事が沢山ある材料に窮すると云ふ事はうそだと思ふどんどん書かなければ材料だつて出て来はしない持つてゐる中に醸《ママ》酵期を通り越すと腐つてしまふ又書く材料に窮するやうな作家なら創作をしてもしかたがない」とのべ、更にこうした言を実際に裏付けるものとしては、次の二通の書簡がある。

新小説のやつを今日からかき出した題は「芋粥」と云ふのにするつもりだ（略）まだ今日の外に小説を二つばかり書かうと思つてゐるこの頃は元気だ（略）（大五・八・一藤岡蔵六宛）

小説を勉強して三つもかき出した（大五・八・一山本喜誉司宛）

このあと同月十七日からは、前述したように一の宮へ出かけており、以上の事実を総合すると脱稿は遅くとも八月中旬と考えてよいであろう。

「猿」の概要

この作品は軍艦の中での、ある盗難事件の顚末を描いた話で海軍士官候補生の「私」がそれを語るという体裁になっている。論述の必要上、構成をまず明らかにしておきたい。

①「私」の乗った軍艦が横須賀へ入港した頃、盗難事件が続出し、所持品検査の結果、信号兵の奈良島の所持品の中にそれが発見されたが、肝腎の奈良島の姿がない。

②実は艦内では犯人が出ない事が時々ある。石炭庫で自殺するからである。奈良島の姿がないことに気がついた副長ははた目にも笑止な程狼狽する。その姿に「私」達は軽蔑の目を向ける。

③艦内捜索が始まり、友人と陽気に猿をつかまえた時の事などを話しながら―以前砲術長の猿が時計を盗んで逃げまわったことがあったからだ。（更に「滑稽」なことに、罰として猿に絶食を言渡した彼が「しよげてゐるのを見ると猿にしても、可哀さうだ」として自ら罰則を破ってエサを与えてしまったことだ）―石炭庫へ降りた「私」はそこで奈良島を押える。

④その時、「静に」私を見上げた「恐しい」顔は私に「強いショック」を与え、「面目ございません」という彼の言葉は「針を打つたやうに、私の神経へひび」き、「私」もまた彼と一緒に「面

目ございません」と「私たちより大きい、何物かの前に首をさげたかつた」。

⑤奈良島は監獄へ送られたが、「私」の心は痛む。私は奈良島の生死をきづかった副長の態度を思い、頭を下げる。副長だけは彼に「人間らしい同情をもつてゐた」のだから。

右の構成から窺えるように、テーマは④の部分に提示されてありそれは一種の人間発見乃至は認識とでも言うべきであろうか。

「私」の変化

「私」の中で犯人としての奈良島のイメージは一貫して「猿」あるいは「猟師」にとっての「獲物」としてあり、心と感情をもった存在としての人間としてではない、そうした顧慮は全くない。それは捜索にあたっての心情を叙する部分（「愉快な興奮に駆られ（略）火事を見に行く弥次馬の心もち（略）面白くつてたまらないと云ふ風で」）に明らかである。実際、奈良島を発見した「私」は「銃を手にして、待つてゐた猟師が獲物の来るのを見た時のやうな心もち」で「猟犬よりもすばやく、両手で、その男」に飛びかかったのであった。

しかも相手は水兵であり、軍律の厳しい船中にあっては、将校である「私」に、相手が抵抗するおそれは「万々」ないのだから、退屈な船中ではまさに恰好の気晴しであり、これ程安心、安全な「狩り」はなかったと言えるのである。

しかし「獲物」を首尾よく仕止めた時、それまでの「私」は変貌する。「静に見上げた」その顔は「悪魔でも一目見たら、泣くかと思ふやうな（略）恐しい表情」であり、それが「私の心にある何物かを稲妻のやうに、たゝき壊した」からであり、「面目ございません」という言葉が「針を打つたやうに、私の神経へひび」いたからである。

「私の心にある何物か」とは即ち、人間を水兵と将校に区分し、しかも、水兵を猿と等価と見るような認識、あるいは人間存在の重みに一顧だにしない倫理観の欠如を言うものであろうし、それが「たゝき壊」されたことによって将校や水兵の区分以前にある人間にはじめて気づき、その存在の重さに叩頭したと考えられる。とすれば、この作品は「私」の体験を素材に、人間存在の重さの発見、認識あるいは倫理の覚醒をテーマにしていると言ってよいであろう。

漱石評の検討

他にとりあげるべきことは多いが、一往この辺で、漱石評の検討に移ることにしたい。

①よい「思ひ付」をまとめた、まとまった小品。

②作品は「一種の倫理観」にあり、それは「いゝ心持のするもの」である。

③不満を言えば第一に「石炭庫へ入る所を後から抱きとめる時の光景が物足りない。（略）その解剖的な説明が、僕にはひしひしと逼らない。無理とも下手とも思はないが、現実感が書いてある通りの所まで伴つて行かれない。然しあすこが第一大切な所である事は作者に解つてゐるから、あゝ骨を折つてあるに違ないとすると、（読者が君の思ふ所迄引張られて行けないといふ点に於て）君は多少無理な努力を必要上遣つた、若くは前後の関係上遣らせられた事になりはしませんか。僕は君の意見を聴くのです、何うですか」

④第二に「最後の『落ち』又は落所はあゝで面白い又新らしい、さうして一篇に響くには違ないが、如何せん、照応する双方の側が、文句として又は意味として貧弱過ぎる。と云ふのは expressive であり乍ら力が足りないといふのです。副長に対スル《ママ》倫理的批評の変化、それが骨子であるのに、誤解の方も正解の方も（叙述が簡単な為も累をなしてゐる）強調されてゐない、ピンと頭へ来ない。それが欠点ぢやないかと思ひます」

評の要点を便宜上四点に絞ってみたのであるが、②および③の指摘は恐らく正鵠を得たものと言ってよく、③に指摘される欠陥が結局、これを「小品」にさせてしまっている最も大きな要因であろう。

問題点の一

問題は①と④にある。評によれば作のテーマである「一種の倫理観」を、よい「思ひ付」とするのであるが、これが作者にとって偶然的な単なる「思ひ付」でないことは、時を同じくして発表された「芋粥」と根を共有していることによって明らかではないか。世間から「唯、軽蔑される為にのみ生れて来た」ような五位に、いじめられ、べそをかいている多数の「『人間』とその叫び」を見ているのが「芋粥」であり、一方「猿」において、将校である「私」が狩られるべき猿と等価にしか見ていなかった水兵に見たものも、同じくそれにほかならないからである。更に言えばそれはこれらの作品の以前には「父」にすでにあり、そのプロトタイプは重松泰雄の指摘(10)するように、確かに未定稿の習作の「老狂人」の「慟哭」にまで遡及することができるであろう。以後には「毛利先生」がそうであり、更に「蜜柑」へと続くものであって、おそらく芥川のベースにある一つの水脈と見うるものであろう。

このように言うことは或いは後人のさかしら乃至は望蜀の言であるかもしれない。だとしても、少くともこの書簡においてかかる明言が発せられる素地があったことはすでに検討してきたところからも推察されるのであり、それはすでに指摘したように漱石が作家としての芥川に予見していたものが奈辺にあったかを裏書きするものであることは認められるであろう。

問題点の二

④の評は、「落ち」の「猿は懲罰をゆるされても、人間はゆるされませんから」をめぐって、その面白さ、新しさは認めながらも、それが作品の中で有効な働きをしているとは言えず、従って成功しているとは言い難い所以をこの作品の構成と叙述に触れて指摘したもので、この作品は「副長に対ス《マ》ル《マ》倫理的批評の変化」が「骨子」であるのに、「誤解の方も正解の方も（叙述が簡単な為も累をなしてゐる）強調されてゐない、ピンと頭へ来ない」ところに「欠点」があるというものである。

ところで問題は、この作品の「骨子」にある。主題はすでに見たように、水兵を人間らしい目で見ていなかった「私」が「奈良島は人間だ。猿ぢやあない」というに至った倫理の覚醒にあり、漱石もまた、そう見ていることは、文中の「一種の倫理観」にあり、それは「いゝ心持のするもの」という語に明らかである。したがって、問題は「私」の内部における変化であり、倫理の覚醒にあってそれ以外ではない。そのことは奈良島を捕える前と捕えた後の「私」の心情の叙述に明らかなわけで、捜索にかかる「私」において、奈良島のイメージは一貫して「猿」であり、「体中の血が躍るやうな」

「狩り」の「獲物」として周到に書きこまれてあったことはすでに指摘した。捕えた後の「私自身が捕へられた犯人のやうに、ぼんやり」立っていたのであり、親友の

「私」は「猿を生捕つたのは大手柄だな」に対して「奈良島は人間だ。猿ぢやあない」と周囲の連中があっけにとられる程きびしく云い放つのである。禁錮室にいる奈良島に、甲板を歩く「私」の靴音が響くのをはばかり遂に彼が「弾丸運び」―弾丸を甲の台から乙の台へ、次はその逆に、何度となく反復させる刑罰の待つ海軍監獄へ送られた事に激しい痛みを覚えるのである。

つまりこの作品の骨子は「水兵に対する見方の変化」と云うべきではあっても、「副長に対スル倫理的批評の変化」ではない。従って「水兵に対する見方」は強調され、周到に書きこまれているのに対して、「副長に対スル見方」は「誤解の方も正解の方も強調されていない」のは蓋し、当然というべきであって欠点ではない筈だ。副長の狼狽はむしろ「私」の見方を強調し、ひきたたせるものであって、後の「私」の変化に遥かに呼応する一種の伏線のごときものであってそれ以上ではないし、そうした用意は他にもある。砲術長の猿の処遇である。時計を盗んだ罰に絶食二日の刑を与えながら、砲術長自らそれを破ってしまうエピソードをさりげなく挿入している。しかも、「落ち」そのものから言えばそれはこのエピソードに照応するものであって、漱石の言う副長ではなく砲術長でなければならない。

以上のように考えてくると、④の評は末尾の「落ち」に余りにこだわりすぎた結果の誤読、が言い過ぎなら筆の走り過ぎと言うべきであろう。少くとも評者が作者の周到な用意に目を向けていないことは確かであろう。

既に紙幅の余裕もなくなったので、終りにクラルテの鷗外訳「猿」との関連について付言すれば、芥川の「猿」との間に直接の影響関係はない。クラルテの「猿」の前半は猿が「溜らない程己に気に入つてゐる」という話者が、猿の習性・性情・利口さについての諸例を内外から博捜していとおしんでおり、後半はM提督の航海中、ダイヤの指輪をいたずらして盗んだ猿が、軍人たちの退屈しのぎから軍事裁判にかけられ、銃殺刑となり愈執行の時海へとびこんで死んだという話に無量の悲嘆と愛惜の心を叙したもので、話者の猿をいとおしみ、愛惜する心が悲痛な叫びとなって読者に訴えてくる作品である。芥川の作品では、直接的にはそれが砲術長の猿として一面では生かされていようが、実はそれは小部分というべきで、より大きくは奈良島を（この場合は猿が水兵に置きかえられてもいるわけだが）いとおしみ、愛惜する後半のトーンに生かされていると見ることができる。

芥川誤解の淵源の深さ

漱石の評を作品と照合して検討してきたのであるが、以上の結果から結論を出すことは勿論速断に過ぎるわけで、更に多面的な検討を要するが、ここでは今後の方向性をも兼ねて以上の検討から言い得ることを一、二記して結論にかえたいと思う。

漱石が芥川に予見していたのは稀有な資質に恵まれた短篇小説家としての才能であった。新しい素材の発見と巧緻な技巧、それらを自在に駆使してまとめあげる文章の才能と更に作品が示す一種古典的な完成等に、文壇に類のない新作家の刻印をいち早く見出して推賞した。この予見と推賞は後に芥川を評する諸家の揚言と一致するところとなった。

即ち、芥川の作品は平凡なリアリズムや私生活・個人的体験の報告とは対極的なフィクション・奇譚趣味・エクゾティシズム等の人工的・教養的な世界に発するものとの評価乃至は定評を得ることになったからである。

ところでこうした賞揚は同時に非難ともなり、芥川をかかる作家と規定して顧みなかった点に賞揚・非難のいずれの側にも、誤解の胚胎する所以があったと考えられる（勿論、後者の場合は一層複雑であるが、少くともその主要な一点がそこにあることは確かであろう）。「新理知派」あるいは「新技巧派」の呼称はその尤なるものであり、批判する側は、人生の傍観者として、皮肉と冷笑の仮面に素顔を隠し、人生の広く深い現実に相わたらない余技として作者の不在を難じた。勿論芥川はこの時期それらに反駁しなかったわけではない。

例えば、そうした呼称が「何れも自分にとつては寧ろ迷惑な貼札たるに過ぎない。それらの名称によつて概括される程、自分の作品の特色が鮮明で単純だとは、到底自信する勇気がないからである」（「『羅生門』の後に」大六・五）と言い、又、材源と作品との関係については、材料さがしに古い本を読んでいるわけではなく、又仮に「材料はあつても、自分がその材料の中へはいれなければ、—材料と自分の心もちとが、ぴつたり一つにならなければ、小説は書けない」（「私と創作」大六・六）と繰り返し言ってはいる。しかし、そうした言葉は定評の前には遂に一顧だにされなかったようである。

とまれ、漱石は評において作のテーマを「思ひ付」と断じて、作者の内奥の声に耳を傾けてはいず、作者不在を作品に見ている点では同断というほかはないようである。最初の賞揚者である漱石にして、そうであることを思えば（勿論、出発期の、しかも一年に満たない創作期間の接触であることは考慮しなければならないにしても）芥川の誤解の淵源の深さと長さに長嘆息せざるをえないのである。

＊　本書の芥川作品の引用はことわりがない限り、筑摩書房版脚注付芥川龍之介全集（昭三九・八〜四〇・三）によった。

注

（1）三好行雄「『芋粥』の構造―芥川龍之介論の一章」（昭四六・二『日本女子大学国語国文学論究』）。
（2）大五・九・三日付芥川書簡（浅野三千三宛）。
（3）大五・九・一日付漱石書簡（芥川と久米宛）の冒頭部参照。
（4）管見に入ったものでは、重松泰雄「芋粥」（昭四五・一一『国文学』）が「猿」一系の作品にふれて鋭く、示唆的である。
（5）吉田精一『芥川龍之介』（昭四五・六　新潮文庫　十四刷）。
（6）注（1）に同じ。
（7）注（1）に同じ。
（8）森本修『新考・芥川龍之介伝』（昭四五・一一　北沢図書出版）。
（9）長野嘗一『古典と近代作家―芥川龍之介』（昭四二・四　有朋堂）。森本氏の脱稿の論拠は不明であるが、長野氏のものは大五・八・一七付恒藤恭宛書簡中の「昨日までは〔二字不明〕の原稿をかいてゐた」とある不明の二字を「芋粥」との推定に基づくものである。
（10）注（4）に同じ。

2 「社会」から「存在」へ――「或日の大石内蔵之助」

主題の検討

「或日の大石内蔵之助」(1)(大六・九『中央公論』)について限られた紙数でこの作品の含む問題について総花的に述べても殆ど無意味なので、ここでは次の一点にしぼって考えてみたい。

この作品の主題については諸説あるが、早く三好行雄が提示した「内蔵助をとらえる〈云ひやうのない寂しさ〉は、障子のなかの〈面白さうな話声〉から疎外された人間の孤独であると同時に、かれがそこからはみださないためには、相対的関係に耐え、〈誤解〉に耐えねばならぬことを悟った人間の淋しさでもあ」り、「人間関係の不変の相対性が、つねに人間の本質的理解の断絶を強いる社会のからくりを見ぬいた、芥川龍之介の吐息であり、たとえば、『芋粥』の無位の侍が、世間の迫害にべそをかく五位の表情に発見した〈世の中の本来の下等さ〉―相対社会の惨酷な秩序への諦念でもあった。」(「或日の大石内蔵助」昭五一・九・三〇『芥川龍之介論』筑摩書房刊所収)として、そこに「人間社会の相対性に対する呪詛」を見る説が代表的であり、今日でも最も有力である。同時に氏のその所説は既に「芋粥」においても指摘されていたところであり、従って「或日の大石内蔵之助」はその延長上に位置する作品という認識がある（同上）わけで、この点については後で再びふれることになろう。

三好説は確かに卓見であり、「芋粥」論での所説については筆者もその驥尾に付して既に賛意を表している(2)のであるが、しかしそれをこの作品にもあてはめることについは疑義があり、賛同しがたい点があるので、以下に私見を述べてみたい。

芥川の歴史小説の方法

この作品は発表時においておおむね好評であった。『新潮』一〇月号の匿名評では「大石という人間を、全円的に描き出してゐる。大石の大人格をよくのみこまなければ斯うは書けない。武士道に対しての批評が、『手巾』などよりも、奥深い心の背景をもつてなされたのを喜ぶ。いい作品である。」といい、江口渙は『帝国文学』一〇月号の「九月の小説と戯曲」で「アイドールでない生きた大石内蔵之助の心を、内側から押出すやうに描き出し」、芥川は「単なる技巧の人」「思ひつきの人」ではなく「ほんとうに生きた人間の本質を描かんとしてゐる作家」であり、この作品は今までの芥川の作品中で「最も傑れた作であり同時に又今秋の文壇の最も傑れた収穫」と評している。

ただし、前者における大石を「全円的に描き出してゐる」とか、「武士道」批判や、後者における「生きた人間の本質を描かんとしてゐる作家」という評価は今日から見れば完全に的外れなものであって、ヒイキノヒキタオシというほかはないであろう。

芥川の歴史小説においては、登場する実在の歴史上の人物を描くにあたって、作者には当該人物の資料を丹念に収集し、これを史実に忠実に再現しようとするような意志は全くない。歴史的人物復元の企図や歴史再現の意志は最初から放棄されているところに特徴があるといってよい。

従ってそこに描かれた歴史上の人物は、史実とは無関係に、全く芥川自身の恣意的な興味・関心・解釈によって染めあげられ、創造された人物であって、名前は歴史上の固有名詞ではあるが、その内容は作者の想念にあわせて造型された架空の存在であることははっきり指摘しておかなければならない。

作品の構造——認識のズレ

この作品の構造は、端的に言って、大石内蔵之助の心理・心情の変化の追跡に焦点が合わされており、結果として彼と同志を含む他者との乖離が、時間の経過と共に決定的となり、その溝が絶望的に開いてゆくというふうになっているといってよいであろう。

主要なポイントを示せば、まず第一に市中における仇討流行の事があげられる。彼等の「復讐の挙が江戸の人心に与へた影響」によって丁稚小僧の間にも「仇討じみた事が流行る」という風潮を聞いて同志は喜ぶが、内蔵之助一人は「不愉快」を覚える。それは「彼の満足（注―仇討成就のこと）が、暗暗の裡に論理と背馳して、彼の行為とその結果のすべてとを肯定する程、虫の好い性質を帯びてゐたから」であろう。

次いで堀内伝右衛門から義士の快挙は〈現在の自堕落な風潮への頂門の一針〉との賞讃による話柄の方向を転換すべく、内蔵之助は一挙の参加者は小心者ばかりとして卑下するが、それが却って彼の思惑とは逆の方向へ向かい、「背盟の徒」を罵り、彼等の忠義が益々ほめそやされる結果を招くことになってしまう。

しかし、内蔵之助には彼等を「憐れみこそすれ、憎いとは思つてゐない」し、「変心」は「自然すぎる程自然」であった。だから周囲や世間が、「何故我々を忠義の士とする為には、彼等を人畜生としなければならない」のかが彼にはわからないし、事実彼の目からみれば「我々と彼等との差は、存外大きなものではない」との認識が彼にはあった。

そこへ最後のダメオシともいうべき「佯狂苦肉の計」―乱行の賞讃が来る。しかし、周囲の同志が口を極めて賞揚すればする程内蔵之助は「如何に彼は、この記憶の中に出没するあらゆる放埒の生活を、思ひ切つて受用した事であらう。さうして又、如何に彼は、その放埒の生活の中に復讐の挙を全然忘却した駘蕩たる瞬間を、味つた事であらう。」という動かしがたい事実がある故に、彼の放蕩の全てを、忠義の為の手段として激賞されるのは「不快であると共に、うしろめたい」。

故に末尾で同志を離れて一人「云ひやうのない寂しさ」の中に一人「何時までもぢつと彳んでゐ」るほかはないのである。

「社会」から「存在」へ――主題の深化

作品をこのようにとらえるならば問題は次のようになろう。

仇討に対する世間の賞讃・尊敬・評価に対して内蔵之助の本心・真実とはズレ・ギャップがあってそのために彼はとまどい、うしろめたさを覚えつつ真実を理解してもらえない寂しさの中に佇立している。

換言すれば内蔵之助の問題は、つまるところ自己の認識と同志をも含めた他者の認識との相違・乖離の問題である。

一、二具体的にふれてみると、「仇討とその流行」にしても、内蔵之助と同志及び世間とでは明らかに相違している。米屋の丁稚が紺屋の職人に復讐をしたという話は、仇討そのものにおいて問題の矮小化であり、その方法に至っては論外である。佯狂苦肉の計についても、同志を含む他者と内蔵之助とでは根本的に相違しているわけで、そうした点への顧慮・検討なしに十把ひとからげ、一律にくくってしまうことは殆ど無意味であることを示しているものにほかならない。

もっとも、こんなふうにことあらたまって言うまでもなく、作中で内蔵之助の話題転換の試みが全く逆効果をもたらしたことが示すように、物事の認識・見方・解釈・評価はあたかも蜂の巣をつついたように各自バラバラであり、行きつくところおそらく真実とは無関係なことが伝えられてゆく――というのが本当のところかもしれない。

だとすれば、たとえ主君への忠義のために生死を共にした同志の中であっても、内蔵之助と他の同志達との間に認識や理解や評価などの点において、相違や乖離が生ずることは不可避である。それは人間存在自体が個々に宿命的にもっているものであるからである。

無論、それを修正したり、減少させたりすることは可能であるが、消滅させることは不可能である。存在を否定もしくは抹殺しないかぎり。

このようにみてくると、末尾で内蔵之助のかかえこむ「寂しさ」とは、結局のところ人間は一人一人別の星に住んでいる、孤独で切り離された存在なのだという人間存在それ自体が根源的にかかえこんでいる問題に否応なしにつきあたった者が発する言葉と断じてよいであろう。

以上のように考えてくると、前掲の三好説は確かに卓見には相違ないが、「人間社会の相対性への呪詛」「人間関係の不変の相対性が、つねに人間の本質的理解の断絶を強いる社会のからくりを見ぬいた、芥川龍之介の吐息」―という見方は「芋粥」には該当しても、この作品には適合しないと考える。

理由は二つある。第一に氏の主張に従えばこの作品は「芋粥」の延長にほかならず、それはつまり二番煎じにすぎないわけで、独立したレーゾンデートルを主張できない作品になってしまうことを意味する。

もう一つは「芋粥」の「社会性」からこの作品では歩を進めて「存在」そのものに考察を深めていると考えた方が享受は更に深まる筈だからである。

注

（1）作品名の表記と原文の引用は岩波書店版芥川龍之介全集第二巻（七七・九・一九）によった。

（2）本書のI―1の論文参照。

3　自由奔放な典拠の領略──「戯作三昧」

馬琴への親炙

次のような書簡がある。

　朶雲奉誦外に尊訳も拝見しました御叮嚀な御挨拶で反つて当方が恐縮に感じた位です今後もちよいと御通知さへ下されば何時でも御遠慮なく御訳し下さい私の作品の英訳は私自身企てた事がありますが忙しいので今は全く中絶してゐます一つにはとても尊訳のやうにゆかないので途中で匙を投げてしまつたのです末ながら拙作を選んで下すつた御厚意を感謝します乱毫字を成さず御判読下さい
頓首

七月八日　　　　芥川龍之介

岡部様梧下

二伸拙作中団三郎なるものは佐渡に住んでゐた貉の名です詳しくは馬琴の燕石雑誌《ママ》に出てゐます

右御参考まで　草々

大正八年七月に岡部寛司に宛てた芥川の書簡で、岡部については詳らかにしないが、文面から察するに岡部が芥川の作品を英訳したのに対する返礼で、作品は二伸の「拙作中」以下に徴して「貉」（大六・三・一一『読売新聞』）と断じて間違いないようである。事実「貉」には作中に「徳川時代になると、佐渡の団三郎と云ふ、貉とも狸ともつかない先生が出て海の向うにゐる越前の国の人をさへ、化かすやうな事になつた。」という記述があってこのことは裏付けられる。

注目したいのは芥川が右に引用した作中の部分は馬琴の「燕石雑誌《ママ》（正しくは志）」によると典拠を明していることで、その博覧強記もさることながら馬琴に親炙していた証左はここに歴然としているだろう。

もう一つ例を引こう。空谷下島勲に宛てた（大正一一年一月一四日付）書簡の一節である。

それからちと調べたき儀有之候間馬琴の歳時記御借し下さる間敷候や（小生の歳時記にては無之候）使のものに御渡し下され候はゞ幸甚に存候　右御願ひまで如斯候

（圏点原文のまま。以下同じ）

借用を申込んだ馬琴の歳時記とは、従来のそれが京都中心のものであったのに対し、江戸中心に編んだ最初のものであり、また彼の博識をフルに発揮して読み物としての面白さをも備え、明治以前の類書中にあって出色のものと評される『俳諧歳時記』（一八〇三年刊）のことである。

　これら二つの引例に徴しても、芥川の馬琴へののめりこみ、親炙のありようがただならぬものであったことは容易に推察されよう。

　芥川と〈本〉とのかかわり―殊にそのモノメニャックなまでの執着ぶりについては彼自身しばしばこれを語っており、周囲の証言も数多くあって広く知られている。明治に生を享けた読書家の多くがそうであったように、芥川もまた小学生の頃貸本屋から読書遍歴を始めたわけで（「小説を書き出したのは友人の煽動に負ふ所が多い」大八・一『新潮』）貸本屋の棚にある「講釈の本」を「端から端まですつかり読み尽し」、それから「『八犬伝』を読み、『西遊記』『水滸伝』を読み、馬琴のもの、三馬のもの、一九のもの、近松のもの」と読み進み、中学高校と進級し「徳川時代の浄瑠璃や小説の次には、西洋のものにも移つた」（以上いずれも前掲文から）のであるが、その実態―モノメニャックな執着ぶりが具体的にどの辺にまで及んでいたかの一斑を馬琴の例は窺わせるものである。

　ところで芥川の中の〈馬琴〉を考えるにあたって対象とすべき作品は「戯作三昧」（大六・一〇・二〇～一一・四『大阪毎日新聞』）をおいてほかにない。また芥川が「戯作三昧」を執筆するに際して典拠を饗庭篁村編『馬琴日記鈔』（明四四・二、文会堂書店）に仰いでいることについては夙に指摘があり、更にその調査結果についても既に報告がある。

　ここではまずそれら先学の考説に拠って芥川の典拠領略の実態を明らかにし、次いでモチーフと方法及び何故馬琴なのか、芥川にとって馬琴は何であったのか等の問題について考えてみたい。

典拠の利用は自由奔放

「戯作三昧」は天保二年（一八三一）九月の或る一日の馬琴を描いている。

ところで典拠である『馬琴日記鈔』（以下『日記』と略称する）との比較を試みたもののうち、ここでは森本修「『戯作三昧』論考」（昭四二・一〜二『立命館文学』、のち日本文学研究資料叢書『芥川龍之介』収録、昭四五・一〇、有精堂。本稿は後者に拠る）によれば芥川の典拠の利用のしかたは極めて自由奔放なようである。

そのいくつかをあげてみると芥川はまず年月にこだわらない。銭湯で『八犬伝』の愛読者が第八輯の奇構に嘆称する場面があるが、天保二年の九月の時点では第八輯は未だ刊行されておらず、これが刊行されたのは翌三年の事であり、「嘆称」は無論創作である。

また作中の話題の一つ、鼠小僧次郎吉の逮捕・処刑の事件も事実は翌天保三年の事であり、和泉屋市兵衛の執拗な原稿催促もこの年にはなく、後年のものをヒントに創作したものらしい。

また、相州長島某との一件を「去年の春」（つまり一八三〇年）の事としているが、『日記』によれば実際は作中の時点より三年後の一八三四年（天保五）の出来事である。しかも『日記』には長島から弟子入りと原稿出版の希望の事は記されているが、それ以後の応酬―馬琴の依頼断わりとそれに対する長島からの「先輩として後輩を食客に置かないのは、鄙吝の為す所だ」という攻撃があり、腹を立てた馬琴が再び筆を執って「自分の読本が貴公のやうな軽薄児に読まれるのは、一生の恥辱だと云ふ文句を入れた」ようなやりとりは芥川の創作である。

ここにあげた例にも明らかなように、芥川は全く『日記』の年月についてはこれを無視しており、自由に取捨選択して九月の或る一日の事として合成していることが判然とするであろう。

内なるイデーにより創造された世界

加えてここにあげた例にいずれも「創作」の語が付されているように、「合成」の過程において自在に創作を加えて「戯作三昧」を造り上げている。

冒頭の銭湯の場面はその典型的な例である。真山青果の考証（『随筆滝沢馬琴』）に明らかなように馬琴一家は無類の湯浴嫌いで、一年間に多くて五、六回であったらしい。『日記』中の銭湯に関する記事はたった一回しかなく、しかもそれは天保八年（一八三七）十二月のもので、その日の記述によれば、その年七月以来初めての入浴で、銭湯に来たのは昨年十一月以来とあるから実に十三カ月も経っているわけで、その嫌いぶりが如何に徹底していたかが知られる。

こういうわけであるから『日記』には無論銭湯での会話の記述などはあるはずもなく、銭湯での馬琴や愛読者の嘆称・スガメの毒口など中味一切は芥川の創作である。序でに言っておけば、長谷川泉は『新編近代名作鑑賞』所収の「戯作三昧」で「芥川がこのこと（引用者注—馬琴の湯浴嫌いの事実をさす）を知ってか知らずでか、馬琴の嫌いな湯浴の場から筆を起し、しかもその銭湯で自己の名声を傷つけられる不快感を抱く構想をきめているのは、相照応して効果一〇〇パーセントの皮肉であるわけだ。」と指摘し、森本修もこの指摘を肯なって前掲論文中で紹介しているのだが、これはおかしいだろう。というのは『馬琴日記鈔』の依拠した原本である『馬琴日記』を芥川は見ていないし、真山青果の考証も知らないわけであるから、馬琴が湯浴嫌いであることを知らなかったのは確かである。

仮に芥川がこのことを知っていたと仮定しても結果は同じである。「戯作三昧」の馬琴は湯浴嫌いの人間としては形象されていないからである。つまり読者は馬琴が湯浴嫌いであるなどとは全く知らないわけで—というよりむしろ午前中から銭湯に出かける程であるところからすれば相当入浴好きだと考えるのが当然ではないだろうか。それはともかくとして、少なくとも読者には馬琴の入浴嫌いが知らされていない以上、作品の世界に皮肉な効果は生れようはずがないからである。

和泉屋との応酬についてもふれたが、渡辺崋山との対話も同様に創作である。崋山がしばしば来訪していたことは『日記』に見えるが、対話の内容については記されていないからであり、孫との会話や戯作三昧の心境などが同様であることは無論である。

前に芥川の典拠の利用のしかたは自由奔放と言ったが、そのことは以上の例に照らして了解されるであろう。典拠の年月にかかわらず、事実にこだわらない。

換言すればそもそも「戯作三昧」の主要な場面を構成する銭湯の会話・和泉屋との応酬・渡辺崋山との対話・孫との会話・戯作三昧の心境・妻子の会話等は『日記』にはない。これらの場面はいずれも芥川の想像力によって創造され、構想されたものであって、具体的に典拠の関与する部分は殆どない。

このことは当然芥川がこの作品で何を企図したかに関わっている。そしてそれは紛れもなくこの作品が単なる事実再現の歴史小説でもなければ、馬琴の現代的解釈・分析といったものではなく、作者の内なるイデーによって創造された世界であることを明瞭に示しているだろう。

大石内蔵之助の場合

「戯作三昧」以前において芥川が歴史上に実在した著名な人物を主人公として描いた最初の、そして成功した作品は「或日の大石内蔵之助」（大六・九『中央公論』）であり、この執筆は「戯作三昧」の二ヵ月前である。芥川はこの作品を書き上げることによって、後に続くこの系列の作品群―「戯作三昧」「袈裟と盛遠」「枯野抄」等に固有の彼の方法をほぼ手中に収めたと考えられる。

「或日の大石内蔵之助」は仇討の本懐を遂げ、細川家御預りの身にある或る日の大石内蔵之助の心中に去来した心情―人々は大石一党を「忠臣」と賞讃し、変節者を「人畜生」と罵倒するが、しかし大石には「彼等の変心の多くは、自然すぎる程自然」であることがわかっており、従って「我々と彼等との差は、存外大きなものではない」ことからくる「不快さ」、また人々は大石の島原や祇園での遊興を「佯狂苦肉の計」として激賞するが、大石は当時「あらゆる放埒の生活を、思ひ切つて受用し「その放埒の生活の中に、復讐の挙を全然忘却した駘蕩たる瞬間を、味つた事」を歴々として記憶する故に、放埒を忠義の手段として激賞される「うしろめたさ」―人々にどう説明しても遂に理解されない大石の「云ひやうのない寂しさ」を描いている。

一般に芥川の所謂歴史小説は偶像破壊の面白さ、人物の性格や心理の現代的解釈・合理的分析による新しい発見や意外性など、要するに既成の概念を逆転してみせる知性の遊戯と見られている。確かにそうした知性の低級・皮相な遊戯に堕している作品があることは否定しない。しかし、だからと言ってすべてをそうだと断ずるのは皮相な見解と言うべきである。

芥川誤解の大きな一因は所謂「歴史小説」の呼称で彼の作品を呼ぶところに胚胎しているのではな

いであろうか。「歴史小説」という概念程多義的で外延性に富む言葉もないと思われるが、端的に言って「或日の大石内蔵之助」において歴史は欠落している、或は切捨てられている。そこにあるのは大石内蔵之助の心理の現代的解釈や分析というものではない。実在の歴史上の人物としての内蔵之助像を描こうとする試みは全くない。ここにおける内蔵之助像は芥川の内部の想念が紡ぎ出し、それにかたどられた、反照にほかならない。芥川の想念が生みだしたオリジナルな人間である。

とすればもはや言うまでもないことながら内蔵之助の心の底へしみ透って来る「云ひやうのない寂しさ」、この芥川の「寂しさ」が一篇を生みだす原動力だったのであり、全く同様に「恍惚たる悲壮の感激」が「戯作三昧」を生みだしたのである。

方法的にも構成的にも「戯作三昧」は「或日の大石内蔵之助」に全く同じであって、それは天保二年九月の「或日の滝沢馬琴」にほかならず、同様に後の「袈裟と盛遠」は「その夜の袈裟と盛遠」であり、「枯野抄」は「臨終の松尾芭蕉」なのである。

このことを後に芥川は大正一一年一月一九日付渡辺庫輔宛書簡で次のように言っている。

「戯作三昧」に関する高説拝承僕の馬琴は唯僕の心もちを描かむ為に馬琴を仮りたものと思はれたし西洋の小説にもこの類のもの少からずさう云ふ試みも悪しからずと思ふ但しそれでも事実を曲ぐるは不可となれば又弁ずべきものもあらむ

ところで右の書簡の末尾に「但しそれでも事実を曲ぐるは不可となれば又弁ずべきものもあらむ」

と芥川はこれらの小説の方法、或いは創作態度について「弁ずべきもの」があることを示しているが、実はこの時点より遥か以前、「戯作三昧」の執筆から二カ月後に脱稿した作品「西郷隆盛」（大七・一『新小説』）の中で既に明言していた。しかも芥川は大胆直截に「歴史と事実」をテーマとして書いているのである。芥川のこういう方法の背景、乃至理論的根拠を窺うものとして興味深いので以下に見ておきたい。

『西郷隆盛』

明治の末頃、日本史専攻の学生で西南戦争を卒論のテーマにする本間が夜汽車で乗り合せた老紳士と「史料と事実」について議論し、史料の信ずべからざる所以を説く紳士はその生きた実例として、車中に西郷隆盛のいることを告げ、実際に案内して本間を驚かす。実例で本間を負かした紳士はやがて破顔一笑してタネ明しをするのだが、人を食ったトリックは中々に鮮やかで、芥川自身の歴史観、歴史と事実についての考えを存分に展開していると考えられる。

その核心は次の部分にある。

しかし、一体君の信じたがつてゐる史料とは何か、それから先考へて見給へ。城山戦死説は暫く問題外にしても、凡そ歴史上の判断を下すに足る程、正確な史料などと云ふものは、どこにだつてありはしないです。誰でも或事実の記録をするには自然と自分でデイテエルの取捨選択をしながら、書いてゆく。これはしないつもりでも、事実としてするのだから仕方がない。と云ふ意味は、それだけもう客観的の事実から遠ざかると云ふ事です。さうでせう。だから一見当になりさうで、実は甚当にならない。

ここに見られる歴史観、あるいは歴史と事実についての考え方は格別目新しいものではない、今日それはむしろ常識に属するものと言ってよい。しかし、だからと言ってそれを難ずるのは後代のさかしらにすぎないだろうし、芥川を正当に理解することからは離れることになるであろう。

老紳士（実は著名な歴史学の教授という設定になっているのだが）は更に続けて次のように言うのだが、そこには芥川の態度がはっきり宣言されていると言ってよいであろう。

我々は何も知らない、いやさう云ふ我々自身の事さへも知らない。まして西郷隆盛の生死をやです。だから、僕は歴史を書くにしても、嘘のない歴史なぞを書かうとは思はない。唯如何にもありさうな、美しい歴史さへ書ければ、それで満足する。僕は若い時に、小説家にならうと思つた事があつた。なつたらやつぱり、さう云ふ小説を書いてゐたでせう。或はその方が今よりよかつたかも知れない。

モチーフは?

「戯作三昧」における馬琴が歴史上実在の人物滝沢馬琴ではなく、芥川内部の想念によって仮構創出された存在であることについては既に述べた。

では何故馬琴なのか、馬琴の何に芥川は触発されたのか。芥川にとっての馬琴について最後にふれておきたい。

この点についての従来の意見は第一に馬琴への関心・好意―幼時からの愛読書であったこと、第二に『馬琴日記鈔』との出会い―日記で知られる馬琴と自分に共通点を見出し、馬琴を主人公とすることによって自己表出の実現が可能であると考えたこと、第三にこれの具体化としての家庭環境の相似、第四に創作態度の共通性―博覧強記を利用しての創作、などがその主なものである。

確かにこれらの意見は首肯されてしかるべきものではあろう。殊に第二の指摘である『馬琴日記鈔』を繙読した契機は最も重要であろう。しかし、それらはいずれも「戯作三昧」の基盤として重要なのであり、いわば水面下に隠れているものであって、作者をして一篇の構想に駆りたたせる発条・引金とはなりえないのではなかろうか。作品を生みだす直接的なモチーフとしては弱すぎるというのが私の率直な意見である。

恐らく芥川が『馬琴日記鈔』に読んだものは、トリビアルでドメスティックな日常性ではなくて（それは既に見た如くこの作品の典拠離れの事実に明らかである）馬琴をとりまく人生の暗さ、暗鬱な人生の認識である。彼をとりまく外界と内部と―馬琴の暗さは二重であった。そこに―外界の悪意と内部の不安におびえつつ暗澹たる人生に住する馬琴を主人公としてこの一篇が構想される必然性乃至は直接的なモチーフの一つはあったのではないか。

それを証するのが「澄江堂雑記」の「三十二　徳川末期の文芸」の次の一節であると思われる。

徳川末期の文芸は不真面目であると言はれてゐる。成程不真面目ではあるかも知れない。しかしそれ等の文芸の作者は果して人生を知らなかつたかどうか、それは僕には疑問である。彼等通人も肚の中では如何に人生の暗澹たるものかは心得てゐたのではないであらうか？　しかもその事実を回避する為に（たとひ無意識的ではあつたにもせよ）洒落のめしてゐたのではないであらうか？　彼等の一人―たとへば宮武外骨氏の山東京伝を読んでみるが好い。ああ云ふ生涯に住しながら、しかも人生の暗澹たることに気づかなかつたと云ふのは不可解である。

これは何も黄表紙だの洒落本だのの作者ばかりではない。僕は曲亭馬琴さへも彼の勧善懲悪主義を信じてゐなかつたと思つてゐる。

芥川の眼は彼等―徳川末期の戯作者たちの「洒落」や「勧懲」の背後に「人生の暗澹たる」認識が秘められていることを鋭く見抜いていたことを右の一節は明瞭に語っているだろう。そして更に右に続けて芥川が語る次の一節に作者をして「戯作三昧」の執筆へと駆りたてたもう一つのモチーフがあったはずである。

僕は曲亭馬琴さへも彼の勧善懲悪主義を信じてゐなかつたと思つてゐる。馬琴は或は信じようと努力してはゐたかも知れない。が饗庭篁村氏の編した馬琴日記抄等によれば馬琴自身の矛盾には、馬琴も気づかずにはゐなかつた筈であらう。森鷗外先生は確か馬琴日記抄の跋に「馬琴よ、君は幸福だつた。君はまだ先王の道に信頼することが出来た」とか何とか書かれたやうに記憶してゐる。けれども僕は馬琴も亦先王の道などを信じてゐなかつたと思つてゐる。

ここで指摘されている「馬琴自身の矛盾」とは「戯作三昧」中（「十」章）の「道徳家」と「芸術家」との矛盾にほかならない。この矛盾・対立が〈戯作三昧の心境〉に止揚されるところに一篇の趣意はあったはずで、とすれば芥川と馬琴は見かけ以上に奥深いところでつながっていたと言うべきであろう。

4 「松岡の寝顔」の意味――「あの頃の自分の事」

芥川観への疑問

芥川龍之介が大正八年一月『中央公論』に発表した小説「あの頃の自分の事」は従来殆んど注目されない作品である。早く吉田精一に「これは当時ようやく流行の緒についた身辺雑記小説の一とも見るべく、文学青年向きには面白い読み物だが作としてはある時代の彼等を知るに便利だというにとどめる」（『芥川龍之介』昭一七・一二、三省堂。引用は新潮文庫版による）という指摘があり、以後も高田瑞穂「学生」（昭二九・三『解釈と鑑賞』。但し、これは同誌の特集テーマ「近代文学の描く人間像」の一項として執筆されたものである）などの言及に見られるように、芥川とその周辺の作家の当時の動静や心事を知ろうとする場合の恰好の資料として引用され、言及されるのが常で、管見の範囲では一個独立した作品として論の対象とされることは今日までなかったようである。後述するように私はこの作品についての評価に異を唱えようと言うのではない。評価に関して言えば私も従来の可もなく不可もない水準的なレベルの作品とする見方に基本的には同感である。

そもそも評価については「あの頃の自分の事」を含む第四創作集『影燈籠』（大九・一、春陽堂）は集全体として評価が低いのである。所収の作品は大正八年発表の作を中心に十七篇が収められ（うち、「世之助の話」大七・四、翻訳の「バルタザアル」大三・二、同「春の心臓」大三・六、の三篇は以前に発表の旧稿）、第三創作集『傀儡師』（大八・一、新潮社）以後一年間に発表したものとしては他と比較しても量的に決して少なくはないものであり、この年、「永久に不愉快な二重生活」を脱して大正八年四月から念願の作家生活一筋に専念しての芥川の創作意欲が如何に旺盛なものであったかを窺わせるに十分であろう。

しかしながら量に比して質が伴わなかったのは皮肉と言わなければならない。『傀儡師』における「奉教人の死」の如き、「枯野抄」「戯作三昧」「地獄変」の如き、また「蜘蛛の糸」の如き、芥川を代表する作品が、『影燈籠』には乏しく、僅に「きりしとほろ上人伝」「蜜柑」をあげうるのみである。

芥川自身「芸術その他」（大八・一一『新潮』）で、

就中恐る可きものは停滞だ。いや、芸術の境に停滞と云ふ事はない。進歩しなければ必退歩するのだ、芸術家が退歩する時、常に一種の自動作用が始まる。と云ふ意味は同じやうな作品ばかり書く事だ。自動作用が始まつたら、それは芸術家としての死に瀕したものと思はなければならぬ。僕自身「龍」（引用者注、大八・五『中央公論』）を書いた時は、明にこの種の死に瀕してゐた。

と自認していることではあるが、停滞期、中だるみと評される所以である。

このように「あの頃の自分の事」の作品としての芸術的完成度、乃至結晶度から見た場合の価値評価に関しては、私もさして異論はないのであるが、しかしこれを今猶「身辺雑記小説の一」としてくくって顧みないあり方、そしてそういう中では芥川とその周辺作家達の当時の動静を窺う資料として用いるという事態が必然的に招来されているのであるが、こうした現状に対しては疑問なしとしないのである。

事は芥川観の問題に関わる。所謂歴史小説家としての芥川—正史・稗史・物語や伝説に材をあおぎ破天荒の才気をもって、数寄を凝らした絢爛多彩な物語を編んだ作家としての芥川—芥川をそういう作家として見る人々、そういう面だけしか芥川に見ない人々、また一人の作家には一つのレッテルしかありえないと信じて性急にレッテル貼りをしたがる人々にとって、この作品が少なからぬ驚きを与えたことは確かである。しかも同じ月の『新潮』には「毛利先生」(大八・一)があり、続いて「蜜柑」(大八・五『新潮』)というふうに一連の作品を目にしたとき、そこに芥川の作風の転換を見、作家としての転機を指摘することになる。

しかし、この作品は言われるように、果してそれ以前のものと不連続なものであるのだろうか。所謂歴史小説に比したとき、その衣裳の相違は明瞭だとしても、作者の意図やモチーフもまた作品の外見同様に異なったものなのかどうか、前記の事情に鑑み、具体的に作品を検討し、あわせてこの前後の芥川をめぐる状況を考えることによって私見を提示してみたい。

「顧眄」とのかかわり

「あの頃の自分の事」の原構想はかなり早く、大正七年四月頃からあり、当初「顧眄」と題されていたようである。この年二月に大阪毎日新聞の薄田淳介を通じて同社の社友となった芥川は社友契約後第一作の「地獄変」（大七・五・一〜二二日まで連載）を執筆するかたわら薄田にあてた書簡でしきりにその事を言い送っている。

その中に「顧眄」と云ふ随筆を書きます　（大七・四・二四　薄田淳介宛）

さしづめ十回ばかりつゞく顧眄と云ふ随筆を書く気ですがどうも変に気が引けます　（大七・五・七　同右）

二三日中に「光悦寺」と「舞妓」と二つ短い一回分位の随筆を送ります小説と小説とのうめにでもして下さい「顧眄」はそのあとにします　（大七・六・四　同右）

これによれば「顧眄」は新聞に「十回」程度連載の「随筆」であったと推定されるのであるが、作者の数度にわたる揚言にもかかわらず実際には執筆されずに終った。しかし作者の構想ノートである「手帳」には次の記述があり、これが右に揚言した「顧眄」であろうと考えられる。

○　顧眄

○　1先生　2志賀氏の家（松江）　3師走（山田との原稿いきさつ）　4第三新思潮時代のスクラップ　5第四新思潮時代のスクラップ（松岡の寝顔）　6鈴木三重吉の first impression（夏）　7成瀬の手紙　8……

この記述から推定すれば、「顧眄」は時期的にはほぼ芥川の大学時代（大二～五）に焦点を合わせ、彼にまつわる文学的トピックを、回顧点綴しようとしたものと考えてよいであろう。

右の記述の内容について一言ふれておけば、「先生」とは芥川の場合、漱石と考えてよいであろうが、彼がその門に出入したのは大正四年一一月から（追記1）一年間のことであり、「志賀氏の家（松江）」とは一高時代からの友人恒藤恭（当時京大生）の郷里松江市に大正四年八月に旅行し、同地に滞在中借りて住んだ家が偶然志賀直哉の「濠端の住まひ」と同一であったことにからんでのものであろう。第三次新思潮は大正三年二月～同一〇月までであり、第四次は大正五年二月～六年三月のことであり、後者の「（松岡の寝顔）」とは「あの頃の自分の事」最終章のそれにほかならないであろうとすれば、これは芥川が実際に体験したことを核としたものであることが判然としている点で注意しておいてよいであろう。次は大正四年一一月から木曜会に出ていた芥川が鈴木三重吉に会ったのはその会ではなく、三重吉が久米を通して芥川へ面談を申込み、神田のパウリスタで大正五年五月下旬に初めて対面する。(1) この初対面は芥川にとって記念すべきものとなった。first impression（夏）とはそれをさし、この会見の際に芥川は、『新思潮』の「これまでの諸作中『鼻』と『手品師』を最も面白く拝読」(2) した三重吉から『新小説』へ執筆を依頼され、当時その編集顧問をしていた彼の推薦によって「芋粥」（同年九月『新小説』）を発表し、鮮やかに文壇へのデビューを果たすことになるのである。それ以外の友人成瀬正一の手紙や「（山田との原稿いきさつ）」というのは推定の手がかりがない。

さて以上のように見てくると「顧眄」は「あの頃の自分の事」の原構想にあたるものであり、第二に「あの頃の自分の事」は原構想の「随筆」としての拡散的性格を捨象して小説としての単一的構成を図り、第三に「第四新思潮時代のスクラップ」以外は全て捨てられてこの項に照準が合わされ、しかも原構想からあった「(松岡の寝顔)」を一篇の要として結構されたことは明瞭であろう。

脱稿をめぐる問題

「あの頃の自分の事」の起筆の時期は未詳であるが、大正七年一〇月二四日付薄田宛書簡で「五つ断つてまだ二つ残つてゐる新年号へ何か書かなければならない」とあるのが早く(他の一つは『新潮』の「毛利先生」をさす)、以後未曾有の猛威をふるったスペイン風邪で寝込み、一時は辞世の句を作った程危うかったが、一一月中旬に回復後は大毎に連載の「邪宗門」(大七・一〇・二三〜同一一・一三)にさんざん苦闘した末、遂に中絶し、「毛利先生」を書き上げると間もなく、恐らく一二月一〇日以前には起筆しており、締切の一五日までには書き上げる予定(大七・一二・一〇日付恒藤恭宛書簡)であったが、実際には居催促を受けた上に徹夜して漸く脱稿したのは一二月二〇日であった。

先達中は失礼　あれから中公の原稿が出来なくつてねとうとう中公の社員が鎌倉へ来て出来る迄宿を取つて待つてゐると云ふ始末だつたやつと一日徹夜して書き上げたのは廿日だつた
(大七・一二・二六日付恒藤恭宛)

「顧眄」から「あの頃の自分の事」へと構想・性格が変化するという事情はあったにしても脱稿ま

でにかなり手間取っているとの印象は否めない。

あえて言えば奇異の感さえある。というのは出来上った作品は誤解を恐れずに乱暴に言ってしまえば、長短自在な、構成のかなりルーズな作品であって（という意味は作品の価値評価ではなくて、作品の性格上、構成されているいくつかのエピソードを増減しても、テーマを損う惧れは少ないということである）、その事は現に作者が『影燈籠』に初収の際、初出の「二」章と「六」章の二つの章をカットしている所に明らかであるからで、新年号の締切をかなり過ぎて猶書き継いでいた理由は容易に首肯しがたいからである。

とすれば「顧眄」から「あの頃の自分の事」への変化の過程には前述のような事情の外にテーマ乃至モチーフに関わる何らかの事情が介在していたと見るべきであろう。

この問題については以下の章において考えることにするが、少し先走って言えば、私見ではこのテーマ乃至モチーフに関する問題こそ、この作品をそれ以前の作品とコンタクトさせるものであり、その点に作者の苦心が存したのであったと思う。

二つの問題

表題に言う「あの頃」とは大正四年末―正確には大正四年「十一月の或晴れた朝」から「十一月もそろそろ末にならうとして」「凩」の吹く日に至る約一カ月のことで、これが小説の時間である。

ここで二つの点に注意しておく要がある。一つは事実の問題で、冒頭で次のように言う。

自分は唯、四五年前の自分とその周囲とを、出来る丈こだはらずに、ありのまま書いて見た（中略）序ながらありのままと云つても、事実の配列は必しもありのままではない。唯事実そのものだけが、大抵ありのままだと云ふ事をつけ加へて置く。

言うところの、「事実」は「大抵ありのままだ」が、「配列は必しもありのままではない。」という趣意は、作品中の記述はほぼ事実であるが、それがそのままの順序で時間的に生起したのではなく、また一一月の中にそれらが全て起ったというのではなく、その前後の事実も一一月のこととして入っていること、換言すれば大正四年一一月前後の事実が小説の時間である一カ月の事として小説的に結構されているということにほかならない。実際事実の先後関係についてはそれを明瞭に指摘できるものもあるが、あくまで一個の作品として結構されているとする作者の言に沿って読むべきであることは言うまでもない。

第二に時期の問題である。この四年一一月が選びとられた所以は、芥川を始めとする『新思潮』同人達が文壇へ登場するきっかけとなった第四次新思潮創刊の前夜であり、文壇と既成の作家を批判して談論風発し、新しい文学の創造を企図して雑誌発行の準備を進めていた時期に当るからであろう。

この作品が、当時の若い彼等の文壇に新風を吹きこもうとする旺んな創作への意欲と情熱とを挿話的に提示しようとするところにモチーフの一つがあったことは確かであろう。

作品の概要

初出時に全七章から構成されたこの作品（前述のように、『影燈籠』収録の際、初出の「二」「六」の二章が削られたが、しかしそのことによって作品の基本的性格に変更はないと私は考えている。従ってここでは初出本文をも併せて考えることにしたい）の論理は次のように理解されよう。

一〇年前、自然主義に続いて耽美派、白樺派と踵を接して新文芸が興り、今そのあとをうけて文芸界に新風を興さんとする彼等にとって最も身近な文芸の府が旧態依然、陳腐、退屈、極りなき旧套墨守の最たるものとしてロオレンス教授以下の講義が俎上に乗せられることは当然であった。それは行きつくところ大学の純文学科廃止論へと赴くものにほかならない。

またそれが既成の文壇、作家に向けられる時はその功罪・特質・限界に一層苛烈なメスが揮われる。自然主義の花袋、白樺派の武者小路、耽美派の谷崎と次々に俎上にのせては仮借のない批判を浴びせ、ためらうことなく不満を表明している。そこに開陳されている現代文学と現代作家への警抜な指摘は洞察にみちたもので、その多くは今日においても猶正鵠を失してはいない。

また上田敏についてもその本質と限界を辛辣に評し、師の漱石に対しては（右の一連の批判の対象とは区別して取扱われているのではあるが）親愛と畏怖、あるいは畏敬と敬遠の二極に牽引されるアンビバレントな心情を率直に吐露している（この敏と漱石への言及を含む初出の「六」は初版の際カットされたが、それについては後述）。

このような周囲への遠慮のない酷評は、帝劇の音楽会に蝟集する盛装した人士に対して「金と白粉」のばけものと評する俗衆への嘲罵となって現れてもいる。

ところで次にはこのように周囲を俎上にのせて気焔をあげている夫子自身—芥川とその同人達はどうであったのか、どのように描かれているのかが当然問題になってくる。

描写の特徴

描き方の上でこの作品には二つの特徴があると言えよう。

一つはこの作品の主要な内容となる文壇や既成作家への批判—花袋論にしろ、武者小路論にしろ、谷崎論にしろ、それらは何れも同人である「我々」の「議論」「話題」の集約であって、芥川一個の個人的意見というふうにはなっていないことである。個人的な見解の表白というかたちは注意深く避けられていて、自分達同人の間での議論であり、批判であり、評価であるという仕組みになっていることである。

このことは作品の性格を考える上で重要な意味をもつように思われる。たとえば、その面からするならば、「あの頃の自分の事」という標題は「あの頃の自分たちの事」とする方がより一層適切だというべきであるからである。佐藤春夫がこの作品の発表直後に洩らした次の感想はこの間の消息をついたものに相違ない。

今度のは「あの頃の自分の事」という題目と甚だ縁遠いような気がしますねなぜかというのですかまあちよつと読んでご覧なさい。自分の事は伊太利語を習つたということが出ているばかりで、他は大低《ママ》他人の事ばかりですからね……。

（「読後感話㈠」大八・一・八『読売新聞』七面）

また、作品のもつこの「自分たちの意見」という姿勢が初収の際に「二」「六」章をカットした最も大きな理由ではないかと考えられる。

カットされた二つの章のうち、「六」の主な内容をなす上田敏論と漱石への言及についてはすでに触れたが、そこには京大生の菊池寛に宛てた書簡の形式で対象への遠慮のない、率直にして露骨な自己表出があった。一方、「二」は浮世絵を「日本美術の精髄」などとは到底賛同しえない自己の浮世絵観を語り、ストリンドベルグに「近代精神のプリズム」を見て「感服」する一方、モーパッサンは「大嫌ひ」で「悪魔の如く巧妙な贋金使」と断じ、「羅生門」と「鼻」の創作事情について語るなど、その内面の消息にまで及んでいて、極めて個人的な、内面のあらわな、むき出しの姿が語られているものである。この二つの章には共通して芥川の内面がかなりなまなかたちで露出している。他の章に特徴的な同人達との議論でもなければ、その意見・批評の集約でもなく、芥川の個人的な意見の開陳であり、内面の消息を提示しているからである。つまりこの二つの章は破調なのである。その点に、単行本初収の際、二つの章がカットされる理由があったと考えられる。

そのことによって作品は「あの頃の自分の事」というよりも実質的には殆ど「あの頃の自分たちの事」というふうに転換してしまっている。云いかえれば、文学界に新風を興そうとする同人達の動静を追い、その対話・議論を軸とすることによってグループの情熱・苦闘、生のかたち、時代の刻印をグループ内の群像のありようを通して提示するというふうになっていると言ってよいであろう。

方向転換か？

ところでこの作品における描き方のもう一つの特徴は人物描写における戯画化であり、同人達のそれにおいて殊に著しい。それは殆ど―「松岡の寝顔」の部分を除いて―カリカチュアと言うよりはファルスと言ってよい程笑殺されている。その一人松岡譲は後年この作品について語るとき、「佐藤春夫の名批評」として「友達は皆あの頃で、御自分さまだけは此頃だ」（松岡譲『第四次新思潮』昭和四二・一二複製版『新思潮』別冊・臨川書店。他に「芥川のことども」昭和二二・一二　十四次『新思潮』にも同趣旨の言がある）という皮肉たっぷりの評を紹介し、「たしかにそれは当つてゐる」（松岡譲「芥川のことども」前出）と言う。

しかしこれは誤解されやすい言葉である。というのはこの同人達の戯画的描出が恰も芥川一人をもちあげる為に他の同人達が引き立て役になっているとの印象を与えるからである。

実際はどうか。すでに指摘した第一の特徴が、芥川一個の意見の開陳というのではなしに同人達グループの意見というかたちが慎重にとられていて、自己顕示の宣伝臭、あるいは独善性は極力抑えられていたのと同様に、戯画化においても他の同人達と同じく、自己をも俎上にのせて斬っていることは言うまでもない（但しこの戯画化が成功しているとは私は考えない。殊更に稚拙な作為がちらつきすぎ、はっきり言ってしまえば、知性の低級な遊びに堕していると見られるからである）。

このように見てくると、この二つの特徴の間には密接なつながりがあることは明らかである。盾の両面、表と裏と言ってよいであろう。

およそ既成のものを批判し、新文芸を興そうとする青年達の企図と情熱は壮であり、真摯であったとしても、いやそうであればある程、ドン・キホーテ性は免れ難い。青年は、学生の場合には一層、社会的な役割や責任から解放されて自由である故に観念的であり、空想的であり、非現実的であり、―要するに未熟《インマチユーリテイ》であることをその本質とし、それ故に夢もまた可能でありうるのだとすれば、文学青年時代のありようは畢竟ドン・キホーテ的にならざるをえないからである。しかも書き手が衆にすぐれて矯激な自尊心と羞恥心の持主である場合にはその認識は一層痛切であるだろう。

自嘲と羞恥をカリカチュアと与太話につつんでいる所以はまさしくその点にあろう。

さて以上の検討からこの作品のテーマを考えるなら、自己とその周囲の群像の点描を通して第四次新思潮創刊時の学生生活と創作への情熱と苦闘を松岡の寝顔に重ねて描いたもの―端的に言えば、あの頃の詩と真実というふうに言えるであろう。

実は問題はその点にあり、私のこの作品への関心もその一点にかかっている。

周知のことだが、大正五年九月発表の「芋粥」(『新小説』)によって文壇に鮮やかにデビューした芥川はこの年大正八年一月までの短期間に花形流行作家の地位を不動のものにしていた。作品は何れも自然主義流の平凡卑俗な日常性を排し、ブリリアントな才能が紡ぎだす数寄を凝らした物語であったわけで、理知派、新技巧派等の呼称が冠せられ、そういう彼に対する自然主義陣営からの批判、攻撃は苛烈を極めた。しかし芥川は一貫して反自然主義の姿勢を貫いてきた。

しかるにこの作品がもし右のように、回想を契機として、あの頃の詩と真実を描いたものだとするならば、まぎれもなくそれは方向転換であり、軌道の変更を示すものであるだろう。

だがもしそうだとしても事情は単純ではない。なぜならこの転換は極めて唐突で脈絡を欠いたものだと断ぜざるをえないからである。芥川がそのような作品を何故書いたのか、何故書かなければならなかったのかについての理解がえられないのみならず、テーマとモチーフの必然性が納得できないからである。

そうだとすればこの問題は一体どう考えるべきであろうか。

「松岡の寝顔」の意味

作品の新たな角度からの照明が当然要請されるわけであるが、私はこの問題を解明する鍵はこの作品の最終章（初出では「七」章、初版では「五」章）「松岡の寝顔」にあると思う。

そのエピソードはこうである。

凩が吹き荒れ、往来に「砂煙」を捲きあげている日の午後、芥川はふと松岡を訪ねて見たくなる。彼はふだん「大風の吹く日が一番落着いて好いと称してゐた」からである。下宿に着いてみると婆さんが徹夜して今寝たところだと言うのをとりあえず様子を見に二階へ上ると、机上には原稿用紙が散乱していて徹夜の苦闘をしのばせ、松岡は「死んだやうに寝入ってゐた。」立去り難いままに、凩が「しつきりなく」揺ぶる家の中で、しばらく原稿を走り読みしてから立去ろうとして「ふと松岡の顔を見ると、彼は眠りながら睫毛の間へ、涙を一ぱいためし、頰の上には「涙の流れた痕」が残っている。「思ひもよらない松岡の顔」を見て「俄に胸へこみ上げて来」るものを感じ「寝ながら泣く程苦しい仕事」を「夜通し」するなんて「莫迦な奴だ」、「体でも毀したら、どうするんだ」と一方では叱りたかったが、「他方それ程苦しんだ」彼を「内証で褒めてやりたかつた」。気がつくと、自分も「何時の間にか涙ぐんで」おり、あわてて「凩の往来」へ出ると「往来は相不変、砂煙が空へ舞ひ上つて」おり、「その空で、凄じく何か」が「唸」っていたというものである。

終章のこの部分は一編のクライマックスをなす要の部分であり、印象極めて鮮明で、作品で他の部分は悉く忘れてしまったとしても恐らくこの部分だけは脳裡に刻みつけられて想起されると思われる程強烈な喚起力に富む。また、この部分は戯画化されていない唯一の部分であり、従って松岡は同人中最も引きたてられて前面に大きく浮び上ることになった。即ち図式化して言えば成瀬は狂言廻しであり、久米は戯画化の点景人物、それまではカリカチュアと与太話で包んでいるだけに戯画化を排したパセティックで、感動的なラストシーンが効果的で、松岡の姿が鮮烈な印象を与えるのである（勿論そこに感傷はある。しかしセンチメンタリズムに堕してはいないことを言っておきたい）。

しかもそれはスタティックな余韻を残すというようなものではなくて、或る迫力―読み手の胸に鋭く突き刺さってくるダイナミックな力をもつものであり、激しく心をゆさぶって想像に誘う強烈な暗示力を潜めていることである。

そうだとすればこの松岡像に潜むポテンシャルなエネルギーは一体どこから来るものなのか、何に起因するものなのか。

それを考える手がかりは松岡の形象における二つの条件設定―一つは凩であり、他は寝顔に溢れる涙にあることは確かである。問題はそれが何を暗示するのかということであり、連想・類推を強いるものの本体をあかすことにある。

砂煙を捲き上げて激しく吹き荒れる凩が繰り返し描かれ、松岡の眠る薄暗い部屋を絶え間なく揺ぶり続けるのだが、この「凩」のイメージと空中に「唸」る「凄じい何か」とは彼に襲いかかる兇暴な魔の手、不吉な悪意のようなものを強く暗示しているものであろうし、また、散乱する原稿のかたわらに眠る寝顔の涙はおのれの意志と才能をかけて必死に精進する悲壮な姿を示すものにはちがいないが、しかし昼間から薄暗い部屋に眠り続けて人知れず流す涙というイメージが喚起するものは、端的に言えば無念の涙であり、それは自然なアナロジイとして運命の悪意に耐え、孤独と闘い、しかもそれを他人には語ることのない存在のありようを語っているものなのではないのか。

そうだとすればこの作品発表当時、大正八年一月前後の松岡をめぐる状況とはどういうものであったのか。次にこの作品を発表当時の状況において検討してみることにしたい。

久米の松岡攻撃

この時期松岡は生涯の危機─運命の明暗を分つ大きな岐路に際会していた。いうまでもなく漱石の長女筆子をめぐっての年来の親友久米正雄との不幸な角逐であり、事件の経緯については当事者双方にそれぞれ詳細長大な作品がある。第三者のものとしては恐らく他に人を得がたい菊池寛の作品があって、周知の事に属するので今は省略に従うが、今問題となるのはその結果であり、事件のもたらす影響乃至は波紋である。

大正五年一二月、事は漱石の通夜に端を発し、久米の筆子への求婚は周囲の反対はあったにしろ鏡子夫人と本人から猶予つきで一旦は内諾を与えられるが、曲折を経て、六年一〇月夏目家から久米は内諾の解消を申渡される。時を同じくして筆子からひたむきな愛を告白された松岡は煩悶の末受け入れる決心をし、翌七年四月に婚約を新聞に発表し、結婚することとなる。これが事件の大筋でその間門下生の反対や中傷・非難が世評やゴシップ記事となって世上を賑わすのであるが、それは物見高い世間の常として格別異とするにも当らないもので、時の経過と共に消え去るべきものであった。ところが久米が事件を憤懣やるかたないというかたちでこの年矢継ぎ早に作品化して発表したことによって事態は新たな局面を迎えることとなった。

「大凶日記」（大七・五『新潮』）、「夢現」（大七・一二『新潮』）、「敗者」（大七・一二『中央公論』）がそれである。外に通俗小説界における成功をもたらした「蛍草」（大七・三・一九〜九・二〇『時事新報』）や彼の代表作の一と目される「受験生の手記」（大七・三『黒潮』）等の作品もないわけではない。従来これらも、一括して同様に扱われているが、しかしこれらを前のグループのものと同一視して取上げるのは適当ではない。

前三者が松岡（と夏目家）の背信・侮辱・陋劣を直接的、露悪的に糾弾する人身攻撃をめざしているものと言ってよいのに対して、後二者はフィクションの世界に転化されており、素材的にも、条件設定の上からも異質だからである。その点で久米が、

（事件を）知つてゐる読者が或は『蛍草』とあの事件とをアイデンティファイしやしまいかと恐れた。僕もあの事件を生のまゝ通俗小説にする程馬鹿ではない（「大凶日記」）

と言っているのは首肯されるのである。

「大凶日記」は作家日録の一で、大正七年四月一二日は「生涯に忘れられない」大凶の日であるとして、その一日を録したものである。大凶の因は松岡と筆子（文中では松岡禅譲のイニシャルから「Z・M」、「F子」とこの二人のみ略称）の結婚を報じた朝日新聞の記事にあり、その不当さに怒った久米の心事が述べられ、「決心」が語られるのであるが、要するに久米にとって彼が「事件の真相」を筆にする根拠はここに明らかである（事件の真相究明やその経緯の実否を確めることはここでは無意味なのでその事にはふれない）。

即ち、自分は約束を忠実に履行して事件については一言も語らなかったのに反し、「向う」はそれを一方的に破棄した上、事実を歪め、醜悪無惨な久米像を発表して侮辱した。これに対抗し、傷つけられた自分を回復するには真相を発表するほかはないと。

タブーが消えたばかりではなく、それが逆に大義名分になったことによって久米の鬱屈していた激情はヒステリックな憎悪となって一挙に噴出する。この年一二月に『中央公論』と『新潮』の二つの雑誌に発表された「敗者」と「夢現」は二作ながらこの事件を扱ったものである。

「敗者」と「夢現」

「敗者」は最近の屈辱的な体験を語るという形式であるのに対して、「夢現」は一往フィクションの体裁というふうに二作は形式のちがいはあっても、作品の最大の眼目は共に同じであり、事件の核心にふれる部分も同様である。即ち年来の親友として彼をいかに信頼し、庇護し、引きたててきてやったか、にもかかわらずその友情がいかに無惨に裏切られ、弊履の如く捨てられ、策略と悪意と傲慢な仕打によって破滅の淵に落されたかを綿々とかき口説き、善良なるが故に乗ぜられ、敗者の悲哀を味わわされる屈辱的な悲境を哀訴している点で両者は共通しており、その点に作の趣意があったことは明らかである。

従って松岡は敵役としての形相恐しく、その言動には「かう露骨ではなかつたが、大体こんな事を云つて」、「と云ふやうな事を云つた」と一往注釈は付してあるものの、結果的には悪役のくまどりを意図的に施されて、多年の友情など一顧だにしないむき出しの利己主義者・悪辣な策略家・冷酷・狡猾で厚顔・陰険な人間の烙印を徹底的にあざとく捺されている。

由々しき事態と言わねばならない。

実在の人物が才筆によって同じ月に二冊の大雑誌においてこのように指弾されればその印象は強烈であってしかも事は人身攻撃であり、道徳的批判である場合、社会的に抹殺される危険は十分ありうるからである。

仮にその場合でも十分弁明できる位置に身を置く者の場合であればその危険は少ないであろう。だが松岡の場合それも望めない位置にあったと言う外はない。

同人達の動向

この時期同人達のその後の動静、関わりあいはどうであったかと言えば、同人結合の拠点であった『新思潮』は六年三月に漱石追慕号を以て廃刊となり、前年七月に松岡を除く四人はすでに大学を卒業していたことと相俟ってそれぞれの道を歩み始めていた。卒業後間もなく欧米に留学し、後にフランス文学研究者の道に進む準備を始めていた成瀬は別格として、芥川に続いて文壇に認められたのは久米で、五年一一月に「銀貨」を『新潮』に書いたのを始めとして、翌六年には『中央公論』に「嫌疑」（六・三）、「地蔵経由来」（六・七）等三つの作品を載せ、その他『新潮』『文章世界』『新小説』にも発表して、新進作家としての地歩を固め、七年に入って「受験生の手記」（七・三『黒潮』）「虎」（七・五『文章世界』）等の秀作を得たほか、第一創作集『手品師』（七・一）、第二創作集『学生時代』（七・五）を共に新潮社から刊行して作家的地位を確立した。

一方菊池は級友佐野の一件で大学は京都に変り、一縷の望みをかけていた上田敏は期待外れに終り、凡そ創作とは無縁な雰囲気に失望し、在京の同人達の好意で一員に加えて貰った『新思潮』を唯一の拠り所として専ら戯曲を書いていたが、五年七月に卒業すると再び上京して、成瀬家に寄食し、その世話で漸く同年十月、時事新報記者の職を得た。菊池は当時自分の天分に自信をもたず、また高校大学と、生活と学資の面倒を見てもらい、就職もその世話になり、入社後も薄給故に寄食を続けていたこともあって創作界に乗り出すというような冒険心は起らず、記者生活を真面目に勤めていた（「半自叙伝」昭四・一〇）。従って芥川や久米が文壇に花やかに出ていってもあせりはなく、作家の門を叩いたり、原稿をもち廻ることもしなかった。それは「半自叙伝」（昭四・一〇『文芸春秋』）に記すところでもあるが、そういう当時の菊池の心境を証す次のような言がある。

「僕なんか、もともとブリリアントな才能があるわけはなし、永年二流新聞社を無事に勤め上げながら、時たま友達冥利で、時たま稿料の貰らえる処に書かせてもらって、お小使にありつけば、それで満足なんだ」その頃の彼は、口癖のようにこういっていた。それをきくと、又、始まったと我々は顔をしかめた。

（松岡譲『新思潮』回想記、昭四二・一二、複製版『新思潮』別冊　臨川書店）

実際大正六年には、「暴君の心理」（『斯論』）を発表して初めて稿料を得たことが知られる程度である（のちの「忠直卿行状記」はその改稿）。その菊池が翌大正七年には、芥川や久米の激励、紹介もあるが、「大島が出来る話」（七・六『新潮』）、「無名作家の日記」（七・七『中央公論』）、「忠直卿行状記」（七・九『中央公論』）、「父の模型」（七・一〇『新潮』）、「青木の出京」（七・一一『中央公論』）など秀作を次々に発表し、創作集も二冊刊行するなどまさしく菊池自身言うように、「旭日昇天の形で世の中に出」（「半自叙伝」）て行き、この一年で「私の文壇的位置は確定」（同上）してしまうのである。

松岡の場合

成瀬は別格として、同人四人のうち三人は大正七年末までにはこうして文壇に作家的地位を確立してしまっていた。しかるに残る一人の同人、松岡はそうではなかった。漱石から「越後の哲学者」と呼ばれるが、青年期の思想的煩悶に真宗寺院の長男としての家の問題が絡んで、大学の卒業も一年遅れて大正六年七月であり、一旦帰郷するが、宗教界の腐敗堕落と寺院制度の矛盾を痛感する彼は忽ち父と衝突し、一ト月しないうちに家を飛び出して、夏目家に家庭教師の名目で寄食することになる。

そういう松岡を激励し、執筆を慫慂して雑誌に紹介の労をとったのは芥川である。その点芥川は松岡に対し終始好意的で、そのことは殊に大正五～七年の松岡宛書簡に徴して明らかだが、松岡自身にも次の言がある。

僕を励まして作家になるべく仕向け、世間の雑誌などにも書かせるやうにしたのは芥川だつた。他の人にはどうだか知らないが其の点僕に関しては、実際親切だつた。（中略）僕一個からいふと、僕はたしかに彼によつて、作家になるべく手を引かれたもののやうだと今ではそんな風に考へてゐる。

（前掲「芥川のことども」）

芥川と松岡と、この二人はおよそ環境も性格も対蹠的であったが、にもかかわらず、芥川が松岡に「親切」で好意的であったのは、一つには、義理固い芥川としては同じく志を抱きながら未だ文壇に出ていない旧友への、先達としての義理、乃至は義務のようなものがあったと思われるが、より本質的には松岡の人となり及びその作品（『新思潮』に発表のものに外ならないが）が持つ芥川と対蹠的な点—都会的ではなく地方的であり、華麗さはないが重厚であり、軽薄さとは無縁でどっしりと根を下しており、ケレン味のない堅実な仕事と歩みが芥川とは異質の世界である故に魅力的であり、それは未だ未熟、稚拙ではあっても、芥川と殆ど踵を接して世に出た久米の軽薄なまでの才気、小器用なまとまりとは違って将来を期待させる萌芽を内に蔵していることを敏感に感じとった故の接触であり、好意であったと思う。

この芥川の「友情」と「才能への期待」が漸く開花し始めるのは「法城を護る人々」（大正六・一一『文章世界』、のち「護法の家」と改題。これを長編化したのが『法城を護る人々』三巻　大一二・六〜一五・五第一書房[3]）である。寺院制度がもつ矛盾・腐敗・迷妄を父と子の確執を通して描いたもので、芥川は「力作」で「申し分なし」（何れも大六・一一・一三　松岡宛書簡）と率直に賞讃し、世評もよく漸く文壇に一歩を踏みだしはじめた。

ところでまさに丁度この時久米の失恋事件が起るのである。

久米への冷徹な批判

これに対して芥川はどう対処したか。久米は学生時代から友人達に、少し乱暴な言い方をすれば一種の恋愛病患者と見られていた。何時でも誰かしら異性を恋しており、一時でも誰かを恋せずにはいられないたちで次々と恋をし、しかも蕩児のそれではなくて真面目で真剣なものではあったが、それらは何れも実らぬ片恋に終っていた。従って筆子への恋を聞かされた時の友人達の反応は、「ああ、又始まったか」であった（久米正雄『破船』も松岡譲『憂鬱な愛人』も菊池寛『友と友との間』もこの点皆一致している）。「破船」の記すところによれば久米からこの恋について意見を求められた芥川は、相手が文豪の娘であり、久米が今まで上流家庭の令嬢と呼ばれる女性に接したことのない物珍しさにひかれてのことからではないのかと遠慮なく言ったと伝えるが、芥川はこの恋に当初から不自然なものを感じ、批判的であった。その事は例えば松岡宛の書簡（大六・一〇、日は記されてない）に明らかで、「純粋にはあの件（引用者注・久米と筆子の結婚）の成立を喜んでゐない」と明言し、久米の「一挿話」

(大六・一一『新潮』)にふれて、ああいう種類の軽挙妄動としか言いようのない小説を書けば当然夏目家との間にトラブルが起ることは必定で、そうなればその原因は「やつぱり自然に背いた罰だと思ふ」と予見するが、実際芥川の洞察したように、「一挿話」が決定的な破談の理由となるのである。だから久米の破談を聞いて芥川は「ああなるのが自然の意志だ」(大六・一一・一三松岡宛)と冷徹に言い切るのである。

つまり久米の日常を知る冷徹な芥川には所詮それは苦々しい軽挙妄動であり、その帰趨は恐らく見えていた筈で、従って破談後に久米が親友の裏切りによる失恋だとして誰彼の見さかいなく「巡礼が軒毎に施物を求めて歩くように」(「友と友との間」)同情と慰藉を求めて歩きまわる狂態に対して「冷水」(大六・一一・二三松岡宛)を浴びせ、就中次の久米にあてた書簡(大六・一二・一〇)中の一句はきつぱりと見きりをつけた痛棒と言ってよいだろう。

木枯しやどちへ吹かうと御意次第

松岡への配慮のこまやかさ

これに対して、漸く文壇に出るきっかけをつかんだ松岡に対する芥川の配慮はこまやかで「僕は今度の事件で或は一番深い経験をしてゐるのは久米よりも寧君ぢやないかと思つてゐる」(大六・一一・二二)と行きとどいたいたわりをのべ「久米はうつちやつて置くがいゝ(中略)もう何と云つても仕方がない」(大七・一・二四松岡宛)と「匙をなげ」(同上)、続いて結婚直後に「ユーディット」読後の圧倒的な印象を激しい興奮で語る有名な書簡（大七・二・五松岡宛）の中で「僕は新思潮創刊当時の情熱が又かへつて来たやうな気がする一しよにやらうや（中略）久米があんなになつて見ると僕は君の外に道づれはない」とパセティックに語りかけるのであるが、これは単に手紙だけの事ではなく、実際に当時親密に往来し、日常語っていたことだと松岡は後に記している。

菊池はジャーナリストだし、久米はあのとほりグレてゐるし、結局一緒に励まし合つて創作の道を進むのは、われわれ二人だなどといつて、しんみり語つてゐた。（前掲「芥川のことども」）

当時の芥川が松岡をどのように見、いかに期待していたかは以上で十分であろう。

しかしながら松岡は筆をとらなかった。十年の沈黙を心に誓い（『憂鬱な愛人』「芥川のことども」等）自己流謫を自らに課したからである。何事もなければ或はそれでよかったかもしれない。しかし前述のように久米の狂態はこの時からそれまでの周囲の知友への哀訴から一転して強烈な毒を盛りこんだ作品となって世間に送りこまれ始め、しかも当の対手である松岡は沈黙を自らに課しているが故に、その毒は中和されることなく一方的に広がり濃度を増して行くのである。

芥川が「あの頃の自分の事」を書いた大正七年一二月は正しくこうして彼に最も親しく近い友人同志が相食み、一人は空しく坐して葬られようとしていたのである。芥川の危惧は深刻だったと言うべきであろう。

モチーフとテーマの必然性

そうだとすればこの作品の成立に芥川をとりまく状況が必然的に要請する松岡擁護のモチーフを指摘して誤りはないであろう。終章の松岡のイメージが鮮烈な印象を残し、且つポテンシャルなエネルギーをもつ所以は創作への苦闘の姿に重ねて、執筆当時世の悪意と非難の嵐の中にある松岡の姿が二重写しに重ね合わされているところにあったと考えることによってはじめて納得される性質のものと言えるからである。

つまり世の悪意に抗して一人沈黙を守って耐える松岡へのいたわりと、その心事への熱い共感が読者を不思議な感動に誘って鮮烈な印象を残す所以だと考えられるのである。

このように見てくるなら、この作品は一見功成り、名遂げた作家の青年時代回顧というような自足的で弛緩した状況とはおよそうらはらに、年来の友人どうしが血で血を洗う、野蛮で残酷で下等な世の中、言いかえれば最も現世的で地獄的な人間世界から生み出された作品なのであり、作者の心は暗く重い。

そして実はその点に─野蛮で残酷で下等な人間の世界という認識と危殆に瀕する松岡への援護という現実的なモチーフとが交差した地点に「あの頃の自分の事」という作品が成立する必然性があったのだと考えられる。

新しい芥川像へ

芥川研究史の中において、「新技巧派」あるいは「新理知派」等の呼称が冠せられ、そういう呼称が端的に示すようにそれは世界を知的に領略し、巧緻な技巧と文章を駆使する自在な才能によって織りあげられた人工的で教養的でエキゾティックな奇譚の世界であり、同時にそこに限界を指摘して人生の広く深い現実に相わたらない余技であり、皮肉と冷笑の仮面をつけた人生の傍観者として作者の不在を難じる、という芥川理解と評価の歴史は古く長い。

そういう通説を打破し、新しい芥川像を目ざす動きが活発になり出したのは近い過去に属する。『芥川龍之介論』（昭五一・九　筑摩書房）として一本にまとめられた三好行雄の論考はその代表的な成果である。

ところで今本稿に必要な上での引用であることを断っておかねばならないが、氏はかつて「『芋粥』の構造―芥川龍之介論の一章」（昭四六・二『日本女子大学国語国文学論究』のち改題、補訂のうえ前掲書に収録。引用は同書による）において、通説をしりぞけ新たに「〈世の中の本来の下等さ〉」に「芋粥」の主題を見、次のように論じた。

龍之介は「羅生門」で、人間のエゴイズムの究極としての存在悪―人間存在自体の担わねばならぬ悪の形を、飢餓の極限で、悪を悪の名において許しあう無明の闇とともに描いた。「芋粥」は、そうした存在悪をかかえこんだ人間たちのからみあう〈世の中の本来の下等さ〉を、勝ち犬の恣意によって、生のあかしを奪われる負け犬の悲劇に托して描いている。いわば状況悪の認識を告げた小説である。

氏の驥尾に付して、私もまたかつて「芋粥」と、同月に発表の「猿」（大五・九『新思潮』）の二作を論じて、そのテーマの共通する所以を次のように書いた。引用文の中で「評」とあるのは漱石が「猿」を評した芥川宛の書簡（大五・九・二）をさし、拙稿の趣意は芥川の文学の誤解の淵源は深く、彼の最初の理解者である漱石にも存したことを芥川宛の書簡と作品を検討することによって明らかにするところにあった。

評によれば作のテーマである「一種の倫理観」を、よい「思ひ付」とするのであるが、これが作者にとって偶然的な単なる「思ひ付」でないことは、時を同じくして発表された「芋粥」と根を共有していることによって明らかではないか。世間から「唯、軽蔑される為にのみ生れて来た」ような五位に、いじめられ、べそをかいている多数の『『人間』とその叫び」を見ているのが「芋粥」であり、一方「猿」において、将校である「私」が狩られるべき猿と等価にしか見ていなかった水兵に見たものも、同じくそれにほかならないからである。更に言えば、それはこれらの作品の以前には「父」にすでにあり、そのプロトタイプは重松泰雄の指摘（「芋粥」昭四五・一一『国文学』）されるように、確かに未定稿の習作の「老狂人」の「慟哭」にまで遡及することができるであろう。以後には「毛利先生」がそうであり、更に「蜜柑」へと続くものであって、おそらく芥川のベースにある一つの水脈と見うるものであろう。

（初出原題は「芥川と漱石—漱石書簡の評をめぐっての断章」昭四八・三『国文学論考』九・都留文科大学国語国文学会「誤解の淵源の深さ—漱石書簡の芥川評をめぐって」と改題して本書I—1に収録）

私の言いたい事は第一に芥川の文学は決して言われるように人生と相わたらないものでもなければ、単純に学才の所産と言い切れるものではなく、まして現実から逃避したり、切っても血は流れないものではない、一言で言えば彼は自己の問題と離れたところで書くことは決してなかったということであり、第二にそういう彼の内奥の声は具体的にこれらの作品にはっきり聞きとれることを例証することにあった。

芥川の低音部

すでに「芋粥」「猿」についてはみた通りであるが、続く「毛利先生」(大八・一『新潮』)—実は「あの頃の自分の事」と同月に発表されたものであることに注意しておきたい—とは中学時代の老英語教師のことなのであるが、彼の無惨なありようは冒頭の数行に象徴的に尽されている。歳晩の暮方、腰弁街道の裸になった並木の下を家路につく首うなだれた下級官吏の群れ、その蹌踉とした歩み—身ぶるいするような寒々とした、わびしい風景に触発されて思い起された人物が彼なのだから。さながら旅に出るドン・キホーテの如き、その異様でぶざまな風采は、彼が周囲との関係においてその存在自体において拒まれている人間であることの誇示(明証)にほかならない。だから精一杯の語りかけさえ周囲から冷酷に拒まれ無惨にも「金切声」をあげるほかはないのである。

つまり毛利先生は拙劣な生活者であり、周囲との関係においてはじき出され、拒まれているタイプの人間の一人であり(彼はいつの世にも存在するそういう「幾百万の悲惨な人間」の典型なのである)、そういう人間に世間は常に嘲笑、侮蔑、拒否しか与えない。そういう世の中の下等さ、或は身ぶるいするような酷薄さへの呪咀が「毛利先生」のテーマであり、これらの作品は「父」―「芋粥」―「猿」―「毛利先生」と明らかに一系をなし、芥川の低音部を構成すると考えられる。

もはや言うまでもないことながら、「あの頃の自分の事」は「毛利先生」と同時期に執筆され、同月に発表された作品であり、両作が共に根を同じくするものであることは明瞭である。「あの頃の自分の事」は現実的モチーフと彼の内部に存する年来のテーマとが交錯したところに書かれるべき必然によって生みだされた作品であったと言える。

注

(1) 久米正雄「今昔」(久米正雄全集一三所収　昭六・一　平凡社)の中に鈴木三重吉から久米にあてた書簡(大五・五・一八)が全文紹介されており、それによった。これはいくつかの重要な事実を含むものでありながら、従来看過されているものなので以下にその全文と久米のコメント(「今昔」は第四次新思潮当時、久米に寄せられた諸家の書簡九通に若干のコメントをつけて大正一四年四月~五月「文芸春秋」に発表したもので、三重吉のものは冒頭にある)もあわせて引用しておく。

この書簡で重要なのは第一に、三重吉と芥川は大五・五・一八以前には全く面識がなく久米に紹介を依頼して初めて会ったこと。第二に、「鼻」(大五・二『新思潮』)が漱石の賞讃を得、それが当時『新小説』の編集顧問をしていた三重吉を動かし、その推薦で「鼻」が大五・五『新小説』に再掲されたとする記述が従来多くあるが、長野甞一・三好行雄の指摘に既にあるように(管見では両氏のみである)、再掲の事実はないし、その事は書簡に明らかであること、第三に、芥川が「芋粥」を『新小説』へ執筆することになった経緯については現在まで、例えば「漱石の推賞が鈴木三重吉を動かして、『新小説』へ執筆の機会が生れたのは確実だろう」（三好行雄「負け犬―『芋粥』の構造」昭五一・九『芥川龍之介論』所収　筑摩書房）というように推定で語られてきたのであるが、この書簡及び久米の記述によってその事実と時期が確認されること等の点である。

「拝啓毎度『新思潮』を有難う存じます。面白く拝見して居ります。これまでの諸作中『鼻』と『手品師』を最も面白く拝読しました。時に面倒な事をお願して相済みませんが、芥川龍之介氏に御紹介を願へますまいか。一度お会ひして、御相談申したい事があります。もし面会し得る時日を御指定下さいませば幸甚に存じます。私は火曜の午前、金曜の午前、木曜の午後、日曜の終日は学校又は面会日で、御伺ひ出来ません。その以外ならばいつでもよろしうございます。大正五年五月十八日附。府下荏原郡大井町　三三三高野方、鈴木三重吉氏より。

鈴木さんは其の当時『新小説』の編集顧問をして居られた。それで私は此の直接の先輩に認められた事を何よりも喜んで、直ぐ氏と芥川と三人で、確か神田のパウリスタで会見した。そして其の結果は、果して『新小説』へ芥川の小説を載せて貰へると云ふ事になつた。『芋粥』がそれだつた。」

（2）注（1）の久米の書簡参照。

（3）関口安義「不遇なる作家―松岡譲の人と文学」（昭四六・一〇『日本近代文学』一五）

〈追記〉本稿発表後、関口安義「芥川と久米の漱石山房訪問日考」（九四・二「芥川龍之介」三号）により、初めての訪問日は大正四年一一月一八日と判明。従って以下の記述においてはそのように訂正したことをおことわりしておきたい。

5　無垢の信頼への憧憬――「きりしとほろ上人伝」

従来の評価への疑問

「きりしとほろ上人伝」（大八・三、五『新小説』）は芥川の所謂切支丹物の代表作として「奉教人の死」（大七・九『三田文学』）と共に発表以来評価が高く、また作者にとっても自信作であったことは次に記すいくつかの言に徴して明らかである。

大正八年度の文学を論じた中で自らにふれ、「予自身は、幾分にもせよ自信のある作品は、『私の出遇つた事』『きりしとほろ上人伝』以外に、一つも発表出来なかつた。」（「大正八年度の文芸界」大八・一二刊『毎日年鑑』所収）と記し、友人の松岡譲にあてた書簡では「とりあへず僕の手許の本（引用者注・大正九年一月二八日刊の第四短篇小説集『影燈籠』をさす。「きりしとほろ上人伝」は同書で「蜜柑」「沼地」に続いて三番目に配列されている）を送る　始めの方だけ少し読んでくれ給へ『きりしとほろ上人伝』だけ自信がある」（大九・三・三一付）と書き送り、更に後年になってから「きりしとほろ上人伝」と「奉教人の死」の制作の経緯について記した一文の中で「書き上げてから、読み返して見て、出来不出来から云へば、『きりしとほろ上人伝』の方が（引用者注・「奉教人の死」と比較した場合）、いいと思ふ。」（「風変りな作品二点に就て」大一五・一『文章往来』）と繰り返し述べており、しかもこれらは何れも作品発表後間もない、思いこみや昂奮状態にある時期に書かれたというものではなく、作者が作品を冷静且つ客観的に認識しうる時間を経過した後に言われたものであるだけに、芥川のこの作品に対する自信と愛着はかなりのものであったと考えられるのである。

しかるにこの作品についての論及は極めて少なく、「奉教人の死」が今日に至るも猶かまびすしくとりあげられ、論じられているのに比して、「きりしとほろ上人伝」のそれは殆ど寥々たるものと言ってよく、多くは「奉教人の死」の「二番煎じ」としてあしらわれるのが普通である。のみならず、仮にとりあげられても「芥川の精神生活を反映してをらず、彼の弱味がそこで血を流すといふことがない。」（進藤純孝『芥川龍之介』昭三九・一一、河出書房新社）とか、作中のきりしとほろの往生をめぐっては「唐突」で「必然性が非常に乏しい」（渋川驍「異国趣味と芥川」昭一七・七、大正文学研究会編『芥川龍之介研究』所収、河出書房）とか、「『人間が実際に生きていく上でエゴから抜け出すことが果してできるであろうか』という懐疑、『殉教』に対する懐疑が、典拠の後半を切り捨てて、ここで『きりしとほろ』を往生させたのではないだろうか。」（三宅憲子「『きりしとほろ上人伝』考」昭四五・九『香椎潟』）などという批評や意見が見られるのであるが、それは畢竟作品の構造・テーマ・モチーフが未だ明らかにされていない所に起因すると考えられる。

従って本稿ではその点を解明すると共に併せてこれらの批評や疑問についても私見を述べてみたいと思う。

テキストと典拠

「きりしとほろ上人伝」には周知のように典拠がある。それについては作者自身作品の冒頭に付した「小序」において一部ふれ、「風変りな作品二点に就て」（前出）でそれを若干敷衍し、友人の秦豊吉宛書簡（昭二・二・一六付）でほぼそれをあかしている。これらを手がかりとして渋川驍（「異国趣味と芥川」前出）・安田保雄（「きりしとほろ上人伝―芥川龍之介の切支丹物攷―」昭二九・一〇『明治大正文学研究』一四号）・吉田精一の各氏によって調査が進められ、現在までの所芥川の依拠したテキストについても断定はできないにしてもほぼ間違いなく推定されるまでに至っている。

ここでは現在最も新しく最も詳細な吉田精一「芥川龍之介集解説」（日本近代文学大系38『芥川龍之介集』所収、昭四五・二　角川書店）に拠りながら私自身の若干の調査と知見を交えてその結論の要点だけを記しておきたい。

芥川が「小序」に言う「れげんだ・おうれあ」の淵源は十三世紀の僧侶 Jacobus de Voragine がカトリック諸国の聖人についての口碑を収集して編纂した"Legenda Aurea"であり、このボラジーネの『黄金伝説』を芥川は直接見てはいないらしい。これがのちに英訳され、イギリスでは William Caxton（1422～91）の訳が有名で、このカクストン訳は訳者が十五世紀の人間である故に文章は中世英語に近い、古いスタイルで書かれている。ここで断っておかなければならないが、この十五世紀に刊行されたカクストン訳を前述の渋川・安田・吉田の各氏に私も含めて誰も見ていないことである。にもかかわらず右のような記述が可能なのは次のような事情による。

モリスのケルムスコット版

この十五世紀刊のカクストンの訳本“The Golden Legend”はWilliam Morris（1834〜96）のトータル・デザインによって一八九二年に美麗な大判（三〇糎）の三巻本（総頁数は一二八六頁）として再刊されており、しかもその「あとがき」でモリスが次のように記していることによってこのモリス版がカクストン訳のオリジナル本文を忠実に再刻していることが判明するからである。

There is no change from the original, Except for correction of errors of the Press, & some few other amendments thought necessary for the understanding of the text.

前記の三氏の中、吉田氏以外はこの本を見ておらず、その上吉田氏の記述も「美麗な三巻本に印刷造本されている」とだけ記されているのみなので、以下に私の得た若干の知見を補足しておきたい。

これはデザイナーとしてのモリスの才能をブック・デザインの面に発揮したもので、用紙は特注の手漉きを用い、活字は新たに開発してゴールデン・タイプと名づけた字体（言うまでもなくthe Golden Legendにちなむものである）を使い、語間と行間の間隔や版面を研究し、頭文字は草花や木のつるで包まれているなどあらゆる面に神経がゆきとどいた見事な造本である。モリスの創設したケルムスコット・プレス刊行の書物は所謂ケルムスコット版としてコレクターの垂涎の的であるというが、芥川は大学の卒業論文のテーマにモリスを選んだほどであるからこの本のことは当然知っていたに違いないし、実際にカクストンの訳を見ていたことは次の書簡によって確実である。

Legenda Aurea は黄金伝説の意、Jacobus de Voragine は十三世紀の初期の人だ。（中略）本の内容は僕の「きりしとほろ上人伝」の如き話ばかり。但しもつと簡古素朴だよ。英吉利では William Caxton の訳が有名だ。今度独逸で出た本は近代語に訳されてゐるかどうか。Caxton は十五世紀頃の人だから、この英語は大分古い。（中略）僕は黄金伝説を全部読んでいない。（第一全部は浩翰《ママ》だらう）が、Caxton のセレクションは一冊持つてゐる筈だ。御入用の節は探がすべし。（以下略）

（秦豊吉宛、昭二・二・一六付）

文中で芥川がカクストン訳の「英語は大分古い」と言い、「今度独逸で出た本は近代語に訳されてゐるかどうか」と述べているのに徴しても、芥川がカクストン訳を見ていたことは明らかである。但しそれがモリスの出版したケルムスコット版であるか、それとも別の版であるかは今にわかに断定することは困難である。

しかし確実に言えることは、少くとも芥川が読んだテキストは“the Temple Classics”所収の“the Golden Legend”ではないということである。即ち安田保雄氏は前記論文の中で「最近私は、或は芥川龍之介もそれによつたのではないかと思われる“Temple Classics”中に収められたかの William Caxton の英訳になる“The Golden Legend”によってその第四巻に収められている“The Life of S. Christopher”を読むことができた」として論を進めているのであるが、実はテンプル・クラシックス版は一読すれば明らかなようにカクストン訳を modernize したものであって芥川書簡の中で「この英語は大分古い」と言っているものを全て現代語訳してしまったものだからである（ここでは両者を対比した例文をスペースの関係でのせることはできないので、便宜上私が参照したテンプル・クラシックス版の書誌を記すことでそれに代えたい。一九〇〇年にDend & Sons社刊のthe Temple Classicsの第四巻The Golden Legend or Lives of the Saints as Englished by William Caxtonに収録され、絶版ののち一九七三年にニューヨークのAMSからそのリプリント版が出され、私が見たのは後者である）。

とすると芥川が典拠としたのは何であったろうか。前引の秦宛書簡の中で芥川は「黄金伝説を全部読んでゐない。」と言ったのに続けて「（第一全部は浩翰《ママ》だらう）がCaxtonのセレクションは一冊持つてゐる筈だ。」と言っているが、この前半のカッコ内の口吻からすれば、芥川はその全体が「浩翰《ママ》」であることは察していても、それが果してどの程度のヴォリュームであるか（例えば彼がモリスの三巻本を見ていれば巻数や話数のおおよその見当はつけられた筈であろう）の見当もついていないことは明らかであろう。そしてこの推定を裏付けるのが後半の「セレクションは一冊持つてゐる」という言葉である。芥川がモリス版を見ていればそれが三巻仕立ての完本であるわけだから「セレクション」の語は出て来る筈がないからである。

つまりここから逆に芥川が依拠したのはモリス版の完本ではなく、また前述したようにモダナイズしたテンプル・クラシック版でもなく、それ以外の中世英語に近いスタイルで書かれたカクストン訳のセレクションであったことが判明する。それが何であったかについては今後の究明に俟ちたいと思う。ここで序でに指摘しておくと、吉田氏は「芥川龍之介集解説」（前出）でモリス版の「第二巻に、『聖マリナ』の伝も『聖クリストフ』の伝もはいっている。」（同書一八頁）と記しているが、これは氏のケアレス・ミスで「聖クリストフ」の方は第三巻（六四五頁～六五〇頁）に収められている。

未定稿と定稿の比較

「きりしとほろ上人伝」の成立について簡単にふれておくと、前半（三月号掲載の分。全集第三巻の四四頁一一行目まで）の起筆は大正八年の二月初めで、脱稿は二月中旬（二〇日以前）と推定され、後半の起筆は同年三月末で、脱稿は四月の中旬（一五日以前。初出の文末には「(八・四・十五)」の記載があり、これは信じてよいと考えられる）と考えられる。初版の『影燈籠』（前出）に収録の際、末尾でキリストの言う言葉のあとに次の一行「と、鈴を振るやうな声で申した。……」を付け加えたほかは誤植の訂正のみで本文に異同はない。

ところで葛巻義敏編『芥川龍之介未定稿集』（昭四三・二　岩波書店）には氏によって「『きりしとほろ上人伝（同書では「伝」が落ちているので補った）』別稿」と副題された「くりすとほろ上人」という未定稿が収められている。

その特徴をあげれば、これは「一」章から「六」章までであるが、未完でありまた欠落や散佚がある。更に文体は「きりしとほろ上人伝」とは異なって、現代の口語文で書かれていることがまずあげられる。この未定稿の成立時期について葛巻氏は定稿の「直前」ではなく、「『三奉教人の死』直前の執筆」（おおよそ大正七年六月から八月初旬頃までの間）と推定しているが、従うべき見解のように思われる。というのはいかにも若書きの感があり、細部にも手が入っておらず、筋だけの粗筆なものという印象が否定できないからであって、更に言えば或はもう少し早い時期のものかもしれない。

次にこの未定稿「くりすとほろ上人」と定稿の「きりしとほろ上人伝」を比較検討してみた結果を以下に概括しておきたい。

第一にストーリーの基本的な骨格は両者共に同じであると見てよいようである。

第二は文体の変更である。未定稿における現代の口語文を排して、定稿では「天草本伊曾保物語」の文体を採用しており、これは定稿へのプロセスにおける最も重要な変更の一つであり、その意味については次章で述べる。

第三は主人公であるれぷろぼす（未定稿は「れぷろぶす」と記すが、今便宜上「れぷろぼす」に統一する）の性格づけの相違である。未定稿ではれぷろぼすは「正直な、腹に毒のない人間」なのであるが、巨人伝説にあるような「途方もない腕力」をもった男の姿が強調されていて、人々は悪魔のように恐れて誰一人近づく者はないと描かれているのに対して、定稿では全く対照的に「心根のやさしさ」が全面的に強調され、人々に親しまれ、頼られる人間として描かれていることである。

第四は天下第一の強者を求める遍歴の動機づけの問題である。未定稿のそれは腕力自慢の男の腕くらべ、腕だめしの旅であるのに対して、定稿は腕力を利用しての功名・出世を求めての旅立ちというふうに変えられている。

第五に定稿における細部の充実と構成の緊密化である。未定稿は未完であり、また欠落もあるので定稿と同日に論じるわけではないが、全体に観念的で具体性に欠け、言葉だけの説明に終始しがちな憾みは否定できない。それに対して定稿ではエピソードが豊富で具体性に富み、且場面の転換は有機的、合理的であって、未定稿に比して飛躍的に細部が充実し、構成が緊密化していると言ってよい。

他に細かくあげれば指摘すべき点は多いが、ひとまず以上で打切って、次に典拠との比較を契機として以下に作品の構造・テーマ・モチーフ・芥川の独創などの問題について考えてみたい。

典拠の改変㈠

既に明らかにしたように芥川がカクストン訳に依拠していることは確かなので、ここではモリスの版行したケルムスコット版を便宜上（実質的には同じ筈であるが）典拠と呼んで論を先へ進めることにしたい。

「きりしとほろ上人伝」における最も大きな典拠の改変の一は主人公の性格づけと動機づけにある。典拠ではその性格について述べる部分は全くなく、その動機にしても極めて簡潔にふれるのみであったのに対して、全四章から成る作品でこの二点のために新たに「山ずまひのこと」の章を独立して設定したのは芥川の独創であった。

即ち典拠では次のように記されているのみである（中世英語に近いものなので、今読解の便宜を考えてカッコ内に現代語を注記しておいた。猶スペースの関係で典拠の引用は以下の記述では不可能なのでカットせざるをえないことをお断りしておきたい。幸い前述の吉田精一「芥川龍之介集解説」には典拠の逐語訳が載せられているので参照していただければ幸甚である）。

Christofre was of the lygnage (lineage) of the Cananees (canaanites), and he was of a right grete stature and had a terryble and ferdful chere & countenaunce. And he was Xii cubytes of lengthe, and as it is redde (read) in somme histories, that whan he serued and dwelled with the kyng of cananees it cam (came) in hys mynde that he wold (would) seche (seek) the grettest prynce that was in the world, and hym wold he serue (serve) and obeye (obey).

典拠では彼は恐ろしい顔をした身の丈六メートルの巨人で、すでにカナンの王に仕えていたが、世界中で最も強い王を探して、その王に仕えようと思い立ったと簡略に記されている。典拠における僅かこれだけの記述を芥川は一章にふくらましたわけだが、そのポイントの一つが性格設定にあったことは既に指摘した通りである。典拠では既に仕官していたれぷろぼすをまず芥川はシリアの「山奥」深く住む「山男」とした上で次のように記す。

まづ身の丈は三丈あまりもおぢやらうか。葡萄蔓かとも見ゆる髪の中には、いたいけな四十雀が何羽とも知れず巣食うて居つた。まいて手足はさながら深山の松檜にまがうて、足音は七つの谷々にも谺するばかりでおぢやる。さればその日の糧を猟らうにも、鹿熊なんどのたぐひをとりひしぐは、指の先の一ひねりぢや。又は折ふし海べに下り立つて、すなどらうと思ふ時も、海松房ほどな髯の垂れた顋をひたと砂につけて、ある程の水を一吸ひ吸へば、鯛も鰹も尾鰭をふるうて、ざはざはと口へ流れこんだ。ぢやによつて沖を通る廻船さへ、時ならぬ潮のさしひきに漂はされて、水夫楫取の慌てふためく事もおぢやつたと申し伝へた。

これは途方もない巨人伝説であり、しかもこの巨人伝説が真に生きうるのは恐らくこの室町末期の談話口語文を写した「天草本伊曾保物語」の文体が創出する言語空間をおいてほかにないであろう。このことは既に見たように未定稿の「くりすとほろ上人」の文体が現代口語文であったのを定稿への過程で変更した事実がこれを証する筈であり、明敏な芥川がその間の事情を洞察してこの挙に出たことは疑いを容れない。猶この事についてはまた後にふれたい。

芥川はれぷろぼすを「山男」とした上でその巨人ぶり、その途方もない怪力を描くが、未定稿に見られた人間に危害を加える面（未定稿では彼を挑発したり、愚弄した場合にのみ力を揮ったとあるのだが、定稿では周囲の人間に暴力を揮う記述は全くない）は全てカットし、逆に杣人のためには木を倒し、猟人にはとり逃した獣をとってやり、旅人の荷を負い、村人の迷い子を探しだす等々「心根のやさしい」「山男にも似合ふまじい、殊勝な心映え」をもった、人々の親愛と信頼の中に生きる存在として意図的に造型していることが特徴的であり、この性格づけがある故に山を下りて旅立つれぷろぼすへの人々の「限りない」愛情と悲嘆のエピソードが生きて働くことになるのである。

典拠の改変(二)

ではこの「性得心根のやさし」く、人々に頼られ、のみならずその頭髪には「四十雀が何羽とも知れず巣食うて居」るほどに「やさしさ」が禽獣にまで及んでいたれぷろぼすが遍歴の旅を思い立った動機は何であったのか。

「それがしも人間と生まれたれば、あつぱれ功名手がらをも致いて、末は大名ともならうずる」

れぷろぼすの動機はこの一句に尽されていると見られるのであるが、これはどのような内実を含んだ言葉であろうか。

れぷろぼすは「山奥」に一人住む「山男」であり、言ってみれば「下界」の汚れを知らぬ、無垢な「天上界」の住人であり、従ってそれまでの彼は社会とは無縁に原始的・本能的な生を生き、自然的な存在であったと言えよう。

それが「功名手がら」を立てて「末は大名」を望むとは、即ち本能的な生を脱して社会的な生を生きることであり、自然的存在を排して世俗的な価値観の世界に生きることに他ならない。

そうだとすれば、芥川の意図はれぷろぼすを自己充足的・本能的・自然的な世界から、強者と弱者・勝者と敗者・優者と劣者等要するに相対的な関係によって成り立っている人間社会へと連れだして遍歴させることにあったと考えてよいであろう。

四十雀の不思議

この点でここに想起したいのは四十雀の「不思議」についてである。安田保雄氏は前掲論文でこの点にふれ、

「れぷろぼす」が大名になろうと志して山を下ったときに頭髪から飛び去った四十雀の群が、

「れぷろぼす」が洗礼を受けたときに再び姿をあらわし、こゝで「きりしとほろ」の勇猛心を奮い立たせる手法はこの短篇の中心をなす。

ものとして氏はこれを旧約聖書の「サムソンにヒントを得たものであろう」と指摘している。確かに氏の指摘のようにこの四十雀の「不思議」—飛翔と再現は「この短篇の中心」をなす技法と言ってよいし、またそれがサムソンの故事にヒントをえたことも首肯されるのであるが、しかしこれをれぷろぼすの「勇猛心を奮い立たせる手法」とするのは疑問である。というのはこの説明ではれぷろぼすが下山を決心をした時になぜ四十雀が一斉に飛び去り、受洗の際になぜ再び戻ったかの理由が説明されないからである。

四十雀の「不思議」—飛翔と再現はれぷろぼすの変身にあると私は考える。

即ち飛び去ったのは、れぷろぼすが下山の決心をした時に起こったものであり、それによって彼が自己充足的・自然的な世界—争わず、むさぼらず、利害とは無縁であり、禽獣を友とするやさしさと思いやりに満ちた世界から、自己一身の栄達と名声を求めて利害と争闘を不可避とする相対的な関係によって成り立つ人間社会へ入ってその一員となったことを意味する。この故に小鳥たちはもはや仲間ではありえない、変貌したれぷろぼすから飛び去る他はなかったのである。

従ってあんちおきやの帝・悪魔の家臣と、れぷろぼすが功名立身を求める間は四十雀が寄りつかないのは当然であり、受洗の際に再び現れて以後彼と共に在ったのは言うまでもなく、彼が再度変身して相対的な社会を脱して絶対的な世界へ参入したからであり、栄達と名聞の社会を超えて献身と奉仕の世界に生きたからにほかならない。

短篇小説のレベルを一新

物語作者或は短篇小説家としての芥川の技巧の巧みさについては文壇登場以来夙に評価が高く、それ故に時には「うますぎる」などと評されることもあった程だが、それに対して芥川は「『うますぎる』などと云ふ評語を《ママ》許さるべき性質のものではな」く、「奇怪千万」としてむきになって反駁した（「或悪傾向を排す」大七・一一『中外』）一文を草してもいるが、畢竟短篇小説における技巧の意義が「無技巧」を標傍した当時の自然主義的潮流の中では勿論、今日においても不当に貶しめられたままでいるのは極めて遺憾な事態と言わなければならない。

一体芸術作品において作者が意識的であると無意識的であるとを問わず、そこに技巧が揮われていることは自明に属することであって無技巧などということはありえない。

そしてこの技巧を意識的に駆使し、東西古今の作家・作品に学びつつこれをマスターしておのれの作品を創ることに芥川ほど努力を傾注した作家が彼以前にあったであろうか。一層重要なことは、芥川が彼以前の作家・作品に短篇小説におけるあらゆる技巧を学ぶと共に自らも案出して短篇小説における技巧の可能性を及ぶ限り模索し追究した所にある。

つまり私の考えでは、日本の近代文学における短篇小説のレベルを一挙におしあげると共に、殆ど世界的同時性の域にまで高めたのは芥川をおいて他にはなく、芥川によって日本の近代短篇小説はあらゆる面で多様多彩な可能性の探求が始められると同時にレベルが一新されたのだと考えられる。この点の評価は従来不当に過小評価され、乃至は見過されてきているきらいがあるが、この点を抜きにしての芥川評価は彼の仕事の意義の重要な一面をすっぽり見落してしまう事になるであろう。

さて「きりしとほろ上人伝」においても芥川はその技巧を存分に発揮しており、典拠にはない、四十雀を巧みに使い、れぷろぼすの武勇を示す戦闘場面を付加して物語の興趣をもりあげ、また典拠を改変したものとしては、悪魔との出会いと悪魔の敗北退散による別れを典拠をすっかり変えて劇的でファンタスティックな奇譚に変え、幼児のキリストを背に渡河する場面を精細に描くなど、随所に物語の面白さ、楽しさを用意し、その限りでは「思う存分文章上の遊びを楽しむことで、作品を完成させるという、作者にとっての幸福な作品」(吉田精一前掲解説)と言うこともできよう。

文体の魔力

ところで「きりしとほろ上人伝」が成功した一半は明らかにその文体にあった。

冒頭の「小序」で芥川は「伝中殆ど滑稽に近い時代錯誤や場所錯誤が続出」するが、それは原文を尊重した結果であって読者が作者の「常識の有無を疑はれなければ幸甚」と殊更記しているように、時代や場所の錯誤は言うに及ばず、壁を抜け、空を飛び、美女に変身するなどの荒唐無稽や極端な誇張を伴なった表現、飛躍の多い話を自在に操って独自の言語空間を創り出すことを可能にしたのはまさしく「天草本伊曾保物語」の談話口語文体だった。

即ち前掲の引例に見られるように、この中世末期の口語文体は作者の誇張と飛躍を決して浮き上らせることなく、むしろ一種の奇妙な現実感—物語世界の約束事を読者に信じこませる不思議な力と読者を立ちどまらせることなく、物語の先へ先へと進ませて遅滞することのないスピード感にみちており、更に一章から三章までの末尾がいずれも同じ次のリフレイン「その後『れぷろぼす』が、如何なる仕合せにめぐり合うたか、右の一条を知らうず方々はまづ次のくだりを読ませられい。」と繰り返し言っていることも否応なしに加速度を増す要因として働いているに相違ない。

そして前述したように芥川がこの文体のもつ魔力を洞察してここに用いたことは、未定稿の「くりすとほろ上人」が現代口語文であったのをこのように変更した事実が明らかに証明しているであろう。最後にきりしとほろの「往生」をめぐっての問題について以下に述べておきたい。

典拠の後半をカットした理由

芥川はキリストに出合ったその夜に往生させているのであるが、これは典拠の大きな改変である。即ち典拠ではその後布教活動を始めて多くの人々を帰依させるが、数々の迫害の末、遂に首を刎ねられて殉教するわけで、芥川は典拠のこの後半部（分量的にも丁度前半部と同じである）をそっくり切り捨てている。

この点について渋川驍（前掲論文）は結末が「唐突」で「必然性が非常に乏しい」と言い、吉田精一は「一つにはクリストを背負って川を渡ったあたりで、この凝りに凝った文体による物語を完了することが、作者にとっても、読者にとっても、過重な負担にならないと、見きわめをつけたためかもしれない。またひとつには芥川が青年時愛読した、ロマン・ローランの『ジャン・クリストフ』が、クリストフがクリストを背負って川を渡るところをエピローグにして終わっている。それと関係があるのかもしれない。」(前掲解説)と言い、三宅憲子は「『殉教』に対する懐疑」(前掲論文)が典拠の後半をカットして往生させた所以と説くのであるが、私はこれらの諸氏の何れの説にも不満である。

理由は三氏共に共通してそこにテーマとのつながりを見ていないからである。吉田氏の過重な負担回避と「ジャン・クリストフ」との関連指摘はそれ自体としては興味深いが、しかしこれは所謂外在批評であって、共に作品が必然的に要請するものではない故に、本質的な関わりをもつものとは言えないであろう。

私はこの作品の構造、そのロジックとテーマを次のように理解する。

「心根やさしい」山男れぷろぼすは始原的・本然的な生のありかたを排して、功名出世の願望を抱いて天下無双の強者を求めて旅立つ。それはつまり武力や名誉や財産や能力によって秩序づけられ、制度化された、相対的な関係によって成り立つ社会に入ることであり、そこで彼は帝に仕え、次いで悪魔に仕えるが所詮彼等は相対的な存在でしかない故にいずれをも棄てて神を求め、渡し守となるのである。そしてこの渡し守という行為・仕事において出世功名のカテゴリイから脱して本然的な生を回復し、遂に神の知遇を得るに至るわけで、とすればこの作品はひたすらに強者を求め続けてその生涯の最後において神に知遇することを得た「心貧しきもの」—聖なる愚人の仕合せを描いたものであり、同時にそこには芥川の無垢の信頼、純一無雑に庶幾するものへの限りない憧憬、希求がこめられている。

このように解するなら、きりしとほろはひたすらに強者を求め続け、全く疑うことを知らず、挫折や困難とは無縁であり、あきらめや絶望や断念は介入の余地がなく、神との知遇を待ち続け、遂にその時が訪れてクリストを背に負う―とすればそのとき、きりしとほろの望みはまぎれもなくかなえられたわけであって、爾後の生は無用だった筈である。何故なら、きりしとほろにとって受洗して聖なる行為に従事して以来、いつか神の姿を拝することが彼の唯一のレーゾンデートルであったのだから。換言すればきりしとほろは、精神と肉体、理想と現実、観念と行為の分裂・不一致に苦悩する衰弱した近代人とは対極にある人間なのであって、おのれの理想、その愚かさに殉じていささかも悔いるところはない。彼のこのしたたかな線の太い生きざまへの憧憬、希求が一篇のテーマであり、そうだとすればそれを描ききった以上爾後の生を描くことはもはや蛇足であり、テーマを弱めることにしかならない筈である。

と同時に典拠の後半部は布教と迫害と殉教を内容とする聖者伝には必須のものであったとしても、聖者伝を目途とせず、キリスト教の擁護は無論、殉教のもたらす宗教的感動等から無縁な芥川にとっては「奉教人の死」においてろおれんぞの前半生が不要であったのと同じく、きりしとほろの後半生は無用だったのである。

序でに蛇足ながら付け加えておけば、

芸術に奉仕する以上、僕等の作品の与へるものは、何よりもまづ芸術的感激でなければならぬ。それには唯僕等が作品の完成を期するより外に途はないのだ。

と芥川が記したのは「芸術その他」（大八・一一『新潮』）においてである。

芥川の暗い現実認識―相対的な関係によって成り立つ野蛮で残酷で下等な世の中の認識とそれを反照する作品の系譜とその深まりについては曾て「父」―「芋粥」―「猿」―「あの頃の自分の事」―「毛利先生」を対象に論じた際に既にふれておいた（本書収録のI―1、及びI―4の論文参照）。

その人生への認識が暗く暗鬱であるからこそ懐疑とは無縁で挫折を知らず困難をものともせずにひたすら邁進し続け、無垢の信頼に生きた全一的な人間像への憧憬・希求は熱く、切実だった筈であり、その事は後に「じゆりあの・吉助」「南京の基督」「往生絵巻」へと展開する作品群がこれを証するであろう。

従って「きりしとほろ上人伝」は決して単なる「遊び」の所産ではないし、芥川の「精神生活を反映して」いないとする見解は皮相なものとして斥けられねばならない。

＊　芥川の原文引用は全て岩波書店版芥川龍之介全集（昭五二・七〜五三・七）によった。

6　矛盾の同時存在を解く鍵──「南京の基督」

三好説への疑問

芥川の「南京の基督」（大九・七『中央公論』）は約三〇枚（四〇〇字詰原稿用紙）ほどの短篇であり、これを芥川中期の傑作とする評価は高い。

ところで、実際にこれまでの評価・研究史を調べてみると、讃辞や言及は多くあるにもかかわらず、ほとんど外面的なレベルにとどまっていて、作品の内部にふみこんでその内実を明らかにしたものはきわめて稀である。いたずらに讃辞を呈するのみで、材源・構成・主題等についての作者の周到な用意─私見によればそこには芥川一流の、かなり手のこんだ、したたかな技巧が駆使されていると思われるのであるが、それら作品の内実についての指摘・論及はほとんど皆無に近いのが実情である。

そうした状況に鮮やかな一石を投じたのが三好行雄「『南京の基督』に潜むもの[1]」で、これは以後定説として今日に至っている。

しかしながら、前述のように、この作品についての研究はまだ緒についたばかりであって、異論・

再考の余地は十分にあると思われる。本稿はこの作品の含む問題をまず明らかにし、三好氏とは全く別な角度から作品に照明をあてることによって私見を提示し、大方の御批正を得たいと思う。

作品の概要

「南京の基督」は全三章から成る現代小説で、中国の大都会南京の奇望街を舞台に十五歳の可憐なヒロイン宋金花の〈奇蹟〉を中心に物語は展開する。小説は「或秋の夜半」から翌朝までを描く一、二章と、それから数カ月後の「翌年の春の或夜」を描く三章とを鮮やかに対比させ、金花における生の断面を見事に切り取って見せる。

まず作品の概要と特徴を本稿に必要な範囲で摘記することから稿をはじめたい。

ヒロインの宋金花は衰老の父を養い、孤弱な我身を生につなぐ唯一の手段として奇望街に春を鬻ぐ十五歳の娼婦である。容貌はとりたてて言うほどのものではないが、他の娼婦達と類を絶して異なる所以は、献身と奉仕を生の信条にするという娼婦としては稀有の「気立ての優しい少女」だというところにあり、そういう彼女をささえる唯一つのものはローマン・カトリックへの敬虔な信仰であった。とすれば心優しき少女の、生業としての娼婦と敬虔な信仰とはいかにして可能であるのか、金花の生の論理はどういうものであったのか。「『この商売をしなければ、阿父様《おとうさん》も私も餓ゑ死をしてしまひますから。』」―金花の言葉は生きるためには何をしてもよい、餓死を免れるためには、悪もまた許されるという「羅生門」の下人の、あの論理と同一であるかのごとく見えながら、似て非なるものである。それは金花の次の言に明らかである。

天国にいらつしやる基督様。私は阿父様を養ふ為に、賎しい商売を致して居ります。しかし私の商売は、私一人を汚す外には、誰にも迷惑はかけて居りません。ですから私はこの儘死んでも、必天国に行かれると思つて居りました。

誰一人頼るものなく、幼く弱い金花にとってそれは老父と自分が生きる唯一の手段なのであり、いっそう重要なのは、それが「私一人を汚す外には、誰にも迷惑はかけて居りません」ときっぱり断言する認識を金花が所有していることである。

したがって春を鬻ぐことは金花にとって、自己犠牲であり、献身であって、それを賎業とする認識はあっても、悪あるいは罪とする認識はない。次の金花の言葉はそれをよりいっそう明瞭に証している。

天国にいらつしやる基督様は、きつと私の心もちを汲みとつて下さると思ひますから。―それでなければ基督様は姚家巷《ようかこう》の警察署の御役人も同じ事ですもの。

と同時に注目されるのは金花にとっての〈神〉はきわめて日本的な〈神〉であることだ。換言すれば、それは行為あるいは悪を罪として糾弾し、厳しく裁き罰する存在、いわゆる〈父の宗教〉ではなくて、罪を許し、弱さを認め、愛をもって受け入れてくれる〈母の宗教〉のイメージがきわめて濃厚であることだ。その点で金花はカトリックを信じているというよりも、キリストをほとんど愛しているとで言ってよいのかもしれない。というのはそう解することによって始めて、なぜ金花が自らに課した長い禁忌を破って十字架のキリストに「生き写し」の外国人の腕に身を投げたのか、また、その時に彼女の全身を包んだ感情をパセティックに叙述する「唯燃えるやうな恋愛の歓喜が、始めて知つた恋愛の歓喜が、激しく彼女の胸もとへ、突き上げて来るのを知るばかりであつた。」という部分に繰返される「恋愛の歓喜」のリフレインの意味も正当に了解されるからである。

話がいささか先走ってしまったが、金花の論理はつまるところ自己犠牲・献身の論理であるゆえに、彼女は「自ら安んじて」神の加護を「確信」しえたのである。

さて、そういう金花が梅毒（作中では古名の楊梅瘡が用いられているが、煩雑なので以下梅毒に統一する）におかされることになる。その時彼女はどうするか、そこにどういう事態が起こるか、それを軸に小説は展開する。

金花の病気は薬も休養も効果はなく、朋輩の一人は客からうつったものは客にうつしかえせ、そうすればじきによくなるものなのだと説く。朋輩の勧める誘惑に心動かされながらも金花はしかしきっぱりと自己犠牲のロジックを貫こうと決意する。

たとひ餓ゑ死をしても（中略）御客と一つ寝台に寝ないやうに、心がけねばなるまいと存じます。さもなければ私は、私どもの仕合せの為に、怨みもない他人を不仕合せに致す事になりますから。

彼女の決心は当然の結果として生活を日ごとに窮迫に追いこむことになる。そうした一夜、泥酔した異国人が金花の部屋を訪れ、やがて彼が金花の目に十字架のキリストに「生き写し」であることが判明した時、彼女はあの健気な決心も病気もいっさいを忘れ、恍惚として「恋愛の歓喜」の中に身を投じたのである。

続く第二章の前半は金花のその夜の夢中のできごとを描く。天国のキリストの家で彼女はキリストと二人、豪華な食卓を囲んで楽しい一時を過ごす。後半は朝、夢から覚めた金花が、男の姿は見えず、金も貰っていないことに気づき、一瞬すべては夢だったかと疑う。しかし、〈奇蹟〉は実現していたのだ。

金花はこの瞬間、彼女の体に起つた奇蹟が、一夜の中に跡方もなく、悪性を極めた楊梅瘡を癒した事に気づいたのであつた。

「ではあの人が基督様だつたのだ。」

かくして一人の貧しく敬虔な信徒に、そのひたすらな自己犠牲の果てに、彼女の〈願望としての生〉は今や〈現実の生〉として実現し、彼女はキリストの降臨を確信するに至るのである。

終章にあたる第三章はそれから数カ月後、金花と客とのやりとりを描く、いわゆるオチの場面である。客はちょうど一年前に金花のもとを訪れたことのある若い日本人で、その時彼は、金花の健気な心事に感じてヒスイのイヤリングを与えていた。旧知の客に彼女はさっそく南京に降臨したキリストの奇蹟を語るが、実は彼はその話題の主の消息に通じていた。金花の信じるキリストとは、混血の無頼漢で、George Murryという英字新聞の通信員であり、彼は南京の娼婦を一晩買って女の寝ている隙に料金を払わずに逃げ出すことにまんまと成功したと得意気に吹聴していたが、その後悪性の梅毒にかかって発狂していたのである。しかし、彼は自分の知っているこの事実を金花には告げずに、さらに次のように考える。

この女は今になつても、ああ云ふ無頼な混血児を耶蘇基督だと思つてゐる。おれは一体この女の為に、蒙を啓いてやるべきであらうか。それとも黙つて永久に、昔の西洋の伝説のやうな夢を見させて置くべきだらうか……

しかし、日本人は金花についに事実を知らせない。のみならず、金花の話が終ったあと、次のような一節をもって小説は終わる。

「さうかい。それは不思議だな。だが、—だがお前は、その後一度も煩はないかい。」
「ええ、一度も。」
金花は西瓜の種を噛りながら、晴れ晴れと顔を輝かせて、少しもためらはずに返事をした。

〈奇蹟〉と〈暴露〉―矛盾の同時存在

作品の概要は以上にとどめて、問題点に移るが、言うまでもなく、問題は第三章にある。

第三章の前半部における事実の〈暴露〉、すなわち金花の信じるキリストは混血の無頼漢であったというタネアカシは、後半部における病気快癒の〈奇蹟〉とは明らかに矛盾する。後半部の〈奇蹟〉は前者を否定して成り立つものであり、快癒が事実ならキリストは混血の無頼漢ではありえないし、また、キリストが混血の無頼漢であるならば快癒の奇蹟は起こりえないからである。

つまり、第三章には〈暴露〉と〈奇蹟〉という矛盾が同時に存在しており、これをどう解決するかが「南京の基督」の最大の課題である。贅言するまでもなく、それは作品の主題に直接し、作者の意図にかかわり、作品全体の認識と評価につながっているからである。

しかしながら奇妙なことに、この問題はこれまでほとんど論じられることなく等閑に付されてきた。それは結局のところ、従来の芥川研究の跛行状態を如実に反映するものにほかならない。漱石・鷗外と並んで、芥川研究は表面的には盛行をきわめているが、実際にはせいぜい十篇余りの著名な作品に論考が集中し、他の作品についてはほとんど未開拓というのが現状だからである。

南部評への激怒

ところで、本論に入る前に検討しておかなければならない問題が一つある。作者自身が作品の意図について語った南部修太郎あての二通の書簡が残されているからである。

「南京の基督」が発表された同月の文芸時評で、南部がこれをとりあげて評したのに(2)対して、芥川は異常とも思えるほど激怒し、長文の手紙で二度にわたって難詰している。

（A）あの日本の旅行家が金花に真理を告げ得ない心もちは何故遊びに堕してゐるか僕等作家が人生からOdious truthを摑んだ場合その曝露に躊躇する気もちはあの日本の旅行家が悩んでゐる心もちと同じではないか君自身さう云ふ心もちを感じる程残酷な人生に対した事はないのか君自身無数の金花たちを君の周囲に見た覚えはないのかさうして彼等の幻を破る事が反つて彼等を不幸にする苦痛を嘗めた事はないのか

（大正九年七月一五日付）

（B）金花の梅毒が治る事は今日の科学では可能だ唯だ根治ではない外面的徴候は第一期から第二期へ第二期から第三期へ進む間に消滅するつまり間歇的に平人同様となるのだいくら君が治るものかと威張つても治るのだから仕方がないもし君が今日の泌尿器医学の記載を覆す事が出来るのなら僕は君に降参するさもなければ君が降参すべきだ

（大正九年七月一七日付）

書簡は作者の意図を露骨に、しかも残酷な真実《オーディアス・トルース》を語っている。この書簡による限り、金花のキリストは無頼漢であり、彼女から梅毒に感染して発狂し、さらに金花の平癒の〈奇蹟〉は病状の悪化に伴い、外面的徴候が消滅する〈潜伏〉であり、見せかけの平癒にすぎないのである。同時に（A）の書簡に明らかなように作者は金花をかばってもいる。

しかし、これをそのまま作品にもちこむのは慎重を要するであろう。第一に作者の意図と作品との乖離の問題があり、第二に作品は基本的には作品内部の論理によって解読されるべきであって、作品外の外部的根拠は十分な吟味・検証を経た上でなければ、安易にもちこむべきではないと考えるからである。

三好説批判

実は右の第一の点については既に三好行雄氏(同前)も注目しており、氏は書簡中での芥川の発言を全否定して、現に書かれている作品からすれば、それは「強弁」であり、「牽強と附会」であって、「Odious truth」の認識は作品執筆時点の芥川にはなく(「潜在」していて)、それを所有(「はじめて彷彿」)するに至るのは南部との応酬の時点においてであり、書簡において芥川は「もうひとつ、べつの小説を書いてみせた」と断じている。

今ここで氏の所説に若干のコメントを付けておけば、〈奇蹟〉か〈暴露〉かの問題について、氏は苦心の末〈奇蹟〉に軍配をあげるが、率直に言ってこれはどちらか一方に決めることは不可能なのではないか。というよりもむしろ、あれかこれかのどちらか一方ではなくて、もともと両者を同時に存在させるのが作者の当初からの意図だったとは考えられないだろうか。もし作者が矛盾の同時存在を許容する空間を当初から意図的、計画的に設定していたと想定するならば、右の問題は全く別の相貌を呈してくるわけで、その解決には新たな対応が必要とされるからである。

また、氏は「Odious truth」の認識が執筆時点の芥川にはなかったとしているのであるが、私は氏とは全く逆に、執筆の時点で「Odious truth」をはっきり認識していなければ、この小説の構想は成り立たない、発想不可能だったと考える。というのは、一篇の趣向は一夜にして病気が平癒するというこの〈奇蹟〉にかかっているからで、この〈奇蹟〉ヌキに芥川の創作衝動は起こらなかったであろうと考えられるからである。

換言すれば、梅毒の症状が段階的に悪化するのに応じて、一時的に外部的徴候が消滅し、〈潜伏〉があたかも平癒のごとき観を呈するという事実―この梅毒に固有の症状の絶妙の利用によって、作品は構成を保証されるのであって、構想成立の鍵を握るのが〈潜伏〉という〈奇蹟〉にほかならない。

したがって芥川の書簡中での発言は現に書かれている作品について語ったもので、けっして「牽強と附会」でもなければ、「もうひとつ、べつの小説」を書いてみせたわけではないと考える。

ここでは氏の論の検討が本意ではないので指摘は以上にとどめて、次には従来とは全く別の視点からこの問題に光をあてて見たい。

芥川の陽動作戦

これまで注目されることなく今日に至っているが、「南京の基督」の末尾には次のような附記がある。

本篇を草するに当り、谷崎潤一郎氏作「秦淮の一夜《ママ》」に負ふ所尠からず。附記して感謝の意を表す。

谷崎は大正七年一〇月上旬から一二月上旬までの二カ月間、朝鮮、満州を経て中国旅行を楽しんだ。

「秦淮の夜」（前半は「秦淮の夜」の題で大正八年二月『中外』に、後半は「南京奇望街」の題で大正八年三月『新小説』に発表。のち両者を合せて表題とした。芥川のは誤記である）はその旅の紀行文で、端的に言えば秦淮河岸での遊廓見聞記であり、美女探しである。迷宮のような街路、電気を使わない暗さ、閨房の貧弱さ、万一殺されてもわからないような不安、望みの美女を求めて妓館を経めぐる妖しい戦慄等々—紀行だが、私小説ふうな展開で、読者を妖しい耽美と好奇の世界に誘うエキゾティックな作品である。

この作品執筆の時点までの芥川は、その支那趣味を読書や書画骨董、せいぜい長崎への旅行などによって満たしていたわけで、大阪毎日の特派員として中国の土を踏むのは、大正一〇年三月のことであり、「南京の基督」執筆の大正九年六月にはまだ歩を印してはいない。

したがって、実際に未見の南京奇望街の娼婦をヒロインにしたこの作品を書くにあたって、「秦淮の夜」の娼家の室内描写が参考になったことは確かである。冒頭の金花の部屋を描写した一節を次に引いてみよう。

卓の上には置きランプが、うす暗い光を放つてゐた。その光は部屋の中を明くすると云ふよりも、寧ろ一層陰鬱な効果を与へるのに力があつた。壁紙の剝げかかつた部尾の隅には、毛布のはみ出した籐の寝台が、埃臭さうな帷を垂らしてゐた。それから卓の向うには、これも古びた椅子が一脚、まるで忘れられたやうに置き捨ててあつた。が、その外は何処を見ても、装飾らしい家具の類なぞは何一つ見当らなかつた。

右の描写における細部の道具立ては、いずれも谷崎の一文に学んで芥川流にモザイクしたものであり、南京の娼婦の部屋がどういうものであるか、実際には見ていない芥川が、谷崎文によって右のように描くことができたことを感謝するのはよい。殊に礼儀正しく、律儀な芥川が敬意を表するのは肯ける。これまで誰一人疑う者がなかったのも当然かもしれない。

しかし、この〈附記〉はよく考えてみると、オーバーではないのか。あまりに大げさにすぎ、度を越していると言ってよいように思う。

というのは、「南京の基督」が「秦淮の夜」に学んだと思われるのは、右に引用した部分一カ所だけだからである。

そもそも金花は終始この部屋から外へ出ない、いっさいは部屋の中で始まり、部屋の中で終わる。その間にあるのは、身上の説明と会話と心理描写と、もう一つ、天国の夢の話であって、特別に中国の知識を必要としないのである。

つまり作者は舞台を一室に限定することによって、周到巧妙にボロを出す危険を回避し、しかも室内描写も右の一カ所ですますことができたのである。

右の事実に徴するならば、この〈附記〉はなくてもいっこうにさしつかえないものであり、問題となる危惧はない。この程度のモザイク、ないし換骨奪胎は芥川の常套手法であって、それにいちいちこのような〈附記〉をつけるとしたら、芥川のほとんどの作品には〈附記〉が必要になってしまうと言っても過言ではないであろう。

つまり、この一見いかにも礼儀正しい挨拶と思わせるところが曲者であり、読者はこれまで芥川にまんまとイッパイ食わされてきたように思う。「秦淮の夜」という、いかにも関係が深そうに見える作品をことさらに指示して注意をそらし（同時に、読者がそれと対比してみることがあれば、換骨奪胎の手際の鮮やかさに舌をまくというシカケにもなっている）、本命は巧妙に隠蔽するという、これまでに何度も用いてきた芥川一流の陽動作戦なのではないか。いっそう重要なことは、典拠の本命をあかすことによって、この作品の問題解決のヒントもえられるように考えられることである。

ではいったいそれは何であったのか。コロンブスの卵と同じく、指摘されれば周知の作品であるが、志賀直哉の「小僧の神様」がそれであったと私は思う。後述するように、「小僧の神様」との連想を容易にする「娼婦（金花）の神様（基督）」から、さらにヒネって「南京の基督」と命名することによって、読者の自然なアナロジイの通路を断ち、さらに念を入れ、先手を打って〈附記〉を記すことによってダメオシとも言うべき本命隠蔽の仕上げがなされ、かくして作者の巧妙な韜晦は完成したと思われるのである。

研究サイドからの非難

「小僧の神様」は「南京の基督」の半年前、大正九年一月号の『白樺』に発表され、のち直哉の代表作の一つとされる作品であるが、少し立ち入って調べてみると、そこには奇妙な、興味ある事態が見出される。

というのは、この作品が研究者の間では必ずしも評判がよくない、というよりもっとはっきり言ってしまえば、否定的な評価や疑問が目立つのである。

たとえば紅野敏郎氏は「志賀直哉・鑑賞―『城の崎にて』・『和解』・『小僧の神様』・『暗夜行路』[3]―」において、「ある破綻、それも相当程度の致命的な破綻」をもった作品だとして具体的に次のように難じている。

まず、この作品の「主人公は小僧の仙吉」であったにもかかわらず、「Aの比重が大き」くなってしまい、しかもそれを中途半端で打ち切っているところに構成上の破綻があり、第二に小僧がAを神様と思い、思わぬ「恵み」をもたらしてくれると信ずるに至るというのは「とっぴな解決」であり、第三に〈附記〉は当初に予定した「お伽話めいた落ち」（傍点原文のまま。以下同じ）に「みずから興ずるふらちさ」をてびかえはしたが、それはけっして「救いとはならず、小僧にAを神様と思いこませること自体に、無意識な残酷がすでにはらまれていたことこそ気づかねばならなかったのである。」として作者の鈍感さ、無思慮ぶりを批判しており、氏の非難―主人公の分裂・構成上の破綻・唐突な解決・附記の否定等―にしたがえば、この作品は満身創痍と言ってもよいようである。

また、遠藤祐氏もこの〈附記〉に否定的で、「省いたほうがよかった」[4]としている。

周知のように「小僧の神様」は全一〇章から成り、最終章の「十」には〈附記〉がついており、右に紹介したように、今日における代表的な直哉研究家がいずれもこの〈附記〉に否定的で、「南京の基督」同様、最終章がモメているのである。

先ほど私が興味ある事態が見出されると言ったのは、「十」章と〈附記〉との関係が、「南京の基督」における〈奇蹟〉と〈暴露〉との関係に対応するからであって、そこにこの二作品に共通する問題がはしなくも露呈されていると見られるのである。

いささか先走ることになるが、ひとまず私見を端的に言っておけば、直哉は「小僧の神様」で〈新しい技巧〉を用いて作品を創ったが、それが今日に至るまで正当に理解されず、逆に〈誤算〉として〈附記〉に非難、否定が集中しているのが現状である。ところで、「小僧の神様」の〈新しい技巧〉に学び、それを芥川風に応用して創りあげたのが「南京の基督」だと私は考えるのであるが、それがまた、同様に〈誤算〉のレッテルを貼られるのは、本家本元の〈新しい技巧〉が理解されていない以上、当然であるのかもしれない。

ともかく、右のような事情を考慮すれば、まず「小僧の神様」をどう読むかをはっきりさせることからはじめなければならない。

作品のテーマ

「小僧の神様」は秤屋の小僧仙吉に、若い貴族院議員Ａが身分をあかさずに鮨を御馳走してやる——というのが小説の動き出す発端で、その行為が二人の心理に、どういう反応・波紋・意味をもたらすかが小説の中心となる。

Ａは鮨屋で小僧がまぐろに手をのばすが、一つ六銭と言われてお金が足らず、台に戻して去ったのを偶然目撃して「可愛想」には思ったが、とっさに御馳走してやるほどの勇気は出なかった。数日後、体重計を買いに入った秤屋で見かけた仙吉が、先日の小僧であったことに気づき、一計を案じて小僧を連れ出し、たらふく御馳走してやる。Ａは先日からの心残りを果たすことができて、うれしく満足なはずであったが、「変に淋しいいやな気持」が起こって彼を圧迫する。しかし、その「淋しい変な感じ」も数日後には消え、自分のような小心者は「軽々しく」すべきことではないと反省する。つまり、Aは自らのちょっとした善意・同情による行為がひき起こす心理的な負担・圧迫に悩まされるわけである。言うまでもなく、それが善意・好意によるものではあっても、恩恵・施しであるゆえに貧富・上下・優劣の関係が生じるところから起こる不快感である。

一方、小僧の仙吉は「変だ」「不思議だ」と考えてゆくうちに、どうやらAが何もかも「見通して」御馳走してくれたことに思い至って、「人間業」とは思えず、「神様」か「仙人」か「お稲荷様」か、とにかく「超自然なもの」と思う。それ以後、小僧は「あの客」（A）を想って辛苦に耐え、いつかまた「思はぬ恵みを持つて自分の前に現れて来る事を信じてゐた。」つまり、小僧の場合、Aのちょっとした善意が彼の生きるささえ、恵みをもたらす〈神〉として絶対的な意味をもつに至ったのである。

以上のように見てくるならば、「小僧の神様」のテーマは人間のちょっとした善意による行為が、仕手にも波紋は起こすが、その受け手には重大な反応を起こし、時には絶対的な存在になることもあるというところにあるといってよいであろう。Aはそのささやかな善行によって、小僧の内部でいつしか非凡化され、絶対化されて、本人は全く夢想だにしない〈神〉—小僧にとっての救世主、生きるささえとなっていたのである。

〈附記〉否定論

前述したように、〈附記〉がこのあとにあるのだが、問題となっている重要な部分なので、「十」章全部を引用することにする。

十

仙吉には「あの客」が益々忘れられないものになつて行つた。それが人間か超自然のものか、今は殆ど問題にならなかつた。只、無闇とありがたかつた。彼は鮨屋の主夫婦に再三云はれたにかゝはらず、再び其所へ御馳走になりに行く気はしなかつた。さうつけ上る事は恐しかつた。

彼は悲しい時、苦しい時に必ず「あの客」を想つた。それは想ふだけで或る慰めになつた。彼は何時かは又「あの客」が思はぬ恵みを持つて自分の前へ現はれて来る事を信じてゐた。

作者は此処で筆を擱く事にする。実は小僧が「あの客」の本体を確かめたい要求から、番頭に番地と名前を教へて貰つて其所を尋ねて行く事を書かうと思つた。小僧は其所へ行つて見た。所が、其番地には人の住ひがなくて、小さい稲荷の祠があつた。小僧は吃驚した。と云ふ風に書かうと思つた。然しさう書く事は小僧に少し惨酷な気がして来た。それ故作者は前の所で擱筆する事にした。（了）

（引用は初出誌による）

右の文中「作者は此処……」以下を〈附記〉と呼んでいるが、先にもふれたようにこれは評判が悪く、ない方がよいとされるのであるが、その一つを次に引いてみたい。これまでの同種の指摘の中で最も論理的で説得力に富む遠藤祐氏[5]のものである。

「小僧に対し《ママ》少し残酷《ママ》な気がして来た」と作者はしるす。仙吉は「偶然」の作ったきっかけで、Aを「お稲荷様かも知れない」と思うようになった。その仙吉が最後にAの書いた「出鱈目の番地」がたまたま「稲荷の祠（ほこら）」のある場所と一致していたために、大きなショックを受ける。それでは、彼が「偶然」に翻弄（ほんろう）されすぎる。仙吉の人間が傷つけられる。「残《ママ》酷」だ―と思われたので、直哉は「前の所で擱筆する事にした」。この部分に直哉のヒューマニズムが指摘されるゆえんである。しかし、次の事情も考慮される必要があろう。もし三度めの「偶然」が描かれていたら、この作は、「偶然」が重なりすぎて、小説としてのリアリティを失ったであろうということ。直哉がそのことを意識したかどうかは明らかでないが、とにかく最後の一歩手前で筆を止めたのは、賢明な措置であった。できたら、「擱筆」云々の釈明をも省いたほうがよかった。

氏は〈直哉のヒューマニズム〉と偶然の重なりによる〈リアリティの喪失〉をあげて「省いたほうがよかった」と論じ、別に「もしこの場面（引用者注―〈附記〉の前の部分までをさす）で全体の局が結ばれていたなら、その印象は、もっとあざやかなものになったろう[6]」とも述べている。

氏のロジックは十分説得的であるが、それにはある決定的な留保ないし条件が必要であると思う。

言うまでもなく、〈附記〉否定の立場に立つ場合にそれは有効なのであって、致命的な弱点はそれが作品の実際には即さないことである。

現に〈附記〉がある以上、ない方がよい理由ではなく、それが現にあることの理由をもう少し慎重に考え、吟味する必要があるであろう。

すなわち、問題は作者が書いてしまっていることであり、しかもその書き方が、書こうと思った内容を明記してそれを書かなかったと書くことで、結果として実際には書いてしまっているという、手のこんだ、屈折したヒネリをきかせている事実をどう考えるかである。

右のように整理してみると、きわめて重要な事実が二つあることに気がつく。

一つは、この〈附記〉の技巧であり、書かなかったと書くことで、実際には書いてしまう、というこの技巧は直哉にとって会心の技巧であり、〈新しい技巧〉だったということである。これ以前にこれほどしたたかに、また鮮やかにこれを用いた作品があったであろうか。

もう一つは、右の指摘と密接に関連する問題であるが、これまで「十」章後半の〈擱筆の弁〉を〈附記〉というふうに呼んできたが、右のように〈新しい技巧〉という認識に立つならば、これを〈附記〉と呼ぶのは必ずしも適当ではないであろう。というのは、〈附記〉とは一般に作品の背景・資料・覚え等の注記であり、あるいは謝辞であって、作品の内容、価値とは切れているというのが常識であろう。ところがこの場合には、それに反して作品の一部であり、しかも〈新しい技巧〉を用いた新趣向の結びになっているという事態を看過することはできないからである。

とすれば、この〈附記〉の技巧―その役割と機能をもう少し明確にする必要がある。

〈附記〉の必然性

作者は当初小僧が客の本体を確かめようと所書を訪ねると、そこには稲荷の祠があってビックリしたと書く予定であったが、それでは「小僧に少し惨酷」なので擱筆したという。

「惨酷」とはどういうことであろうか。それは小僧が傀儡としての存在ではなく、作中人物として生きてしまっているがゆえに、Ａの虚像としての〈神〉が実像となることは、手玉にとりすぎる、翻弄しすぎるものとして、〈心情的規制〉ないし〈人間的抑制〉が働いた結果の予定変更と考えられるであろう。

では〈惨酷〉ゆえに擱筆した内容をなぜ書いたのか。当然不要であり、書くべきことではなかったのではないか。

書かなかったことを書いているのが〈附記〉であるから、それは一見なくもがなとも思える。そうすれば確かに〈惨酷〉として控えた作者の気持はすむであろうし、後味の悪さ、不快感は回避されるであろう。しかし、それでは事の真実をとらえることはできないと言わなければならない。

というのは、なぜ作者がそういうことを「書かうと思つた」のか、訪ねて行ったら稲荷の祠に出会うというふうに書く必然性が問われてはいないからである。

先ほど私はこの作品のテーマは、人間のちょっとした善行が受け手の内部で自己増殖をとげ、時には神や稲荷のような絶対的存在になることもあるのだというところにあろうと言った。このテーマに即して考えるならば、〈附記〉の展開が論理的必然であることは明白であろう。

小僧の主観的な思いこみ、願望としての〈神〉が、そこでまさしく現実の「稲荷」として顕現することによって、小僧の〈信仰〉は最終的に完成するはずだからである。

換言すれば、直哉には作品のテーマを鮮明に提示するという観点からすれば、小僧の稲荷との遭遇は不可欠であり、必須のものであって、そこまでもう一歩進めなければ画龍点睛を欠く、あるいは作品としての芸術的完成度への要求を満たせないとする認識があった。他方、そこまで書くことは「惨酷」との抑制もあった。

つまり、芸術家としての必然的要請と、人間としての心情的抑制の両極に分裂していたわけで、この両者を同時に満たし、矛盾の解決をはかる技巧が、書かなかったことを書くことによって書くという〈附記〉の案出だったと考えられるのである。

以上のように考えてくるならば、〈附記〉否定論は当然しりぞけられるべきであって、作品の論理的帰結として〈附記〉の提示は必然的だったのである。(7)

直哉がのちにこの作品を『荒絹』(大一〇・二、春陽堂)に収録する際、本文への手入れはほとんど行わず(異同は数箇所で、しかも内容にはかかわらない)、もちろん〈附記〉の部分にヴァリアントはなく、評家の〈附記〉への非難をよそに、「此短篇には愛着を持つてゐる」(「創作余談」昭三・七『改造』)とキッパリ断言して、没するまでの約半世紀を揺がぬ自信をもって押し通した事実も上述の結論を裏づけるものであろう。

芥川の絶賛

次に新しい事実を一つ明らかにしておきたい。

それは「小僧の神様」の〈新しい技巧〉について具眼の士が全くいなかったわけではないことである。作品の発表直後から、作者の意図・工夫をいちはやく見抜いて、〈附記〉の技巧の新しさに着目し、絶讃していた人間が少くとも一人はいた。ほかでもない芥川龍之介がそうである。

大正九年度の上半期を代表する傑作は何かとの雑誌のアンケートに応じた一文がそれで、今その全文を次に引用する。

> 志賀直哉氏の「小僧の神様」を面白く読んだ。あの小説には作者の附記がついてゐる。しかし附記は単に附記ではない。小説その物の一部として、立派な成功を収めてゐる。ロダンなぞの彫刻に、大きな大理石のブロックへ半分人間を彫つたのがある。志賀氏のこの手法は、あの未完成に似た完成を彷彿させる趣がある。内容も新しい、技巧も新しい。推奨するに足りると思ふ。
>
> （「大正九年度文壇上半期決算」大九・七「秀才文壇」）

この短文は、新版の岩波書店版『芥川龍之介全集第四巻』（昭五二・一一刊）に初めて収録されたものので、これまでとりあげられることは全くなかったが、本稿の文脈に置いてみる時、重要な光を放ってくるはずである。

第一に〈附記〉の機能の正確な認識があり、次いでそれを〈新しい技巧〉として鋭く洞察し、第三に傑作として発表直後にいちはやく正当な評価を下しており、いずれも正鵠を射た、炯眼な指摘はさすがと言うほかはない。

右に見て明らかなように、芥川と「小僧の神様」とのかかわりは単なる一読者のそれというよりも、作者の立場で眺めており、しかも言及はすべて〈附記〉についてというように、この〈新しい技巧〉に関心が集中していることが歴然としていて、この一事をもって芥川と「小僧の神様」との密接なかかわりについての証明は十分であろう。

直哉が鮮やかに使ってみせたこの〈新しい技巧〉が、当時のいわゆる新技巧派のチャンピオンとして華麗多彩な技巧を駆使していた芥川の注目をひいたのは当然であるし、さらにそういう場合に、それを応用して一篇を構想するのは彼の天性とも言うべく、換骨奪胎の絶妙なテクニックは芥川の終生変わらぬ特技であった。したがって芥川が、直哉の「小僧の神様」に触発されて、「娼婦の神様（基督）」、あるいは「金花の神様（基督）」をさらにヒネって「南京の基督」をものすることは何ら異とするところはないのである。

会心の技巧

さて、直哉の発明にかかるこの〈新しい技巧〉を作品に導入して考えてみた場合にどうかと言えば、「南京の基督」の問題は実にすっきり解決されると思われる。

「南京の基督」は前述のように二章までが信仰の奇蹟を描くメルヘンであり、作者にもし現代のメルヘンとする意図があれば、そこで終わりとしなければならず、それに反して三章が付けられたということは、すなわちメルヘンの否定であり、作者にその意図のないことの証明にほかならない。と同時に、三章における無頼漢の〈暴露〉は、現代の物語としてのリアリティを保証し、論理的な整合性を企図したものであった。

換言すれば、日本の旅行家が読者に暴露する、金花の信じたキリストが無頼漢であったという事実は、作品が現実の次元で存立するための必然的要請であった。

そして〈暴露〉が読者にのみ示されて、金花には知らされぬまま、金花の快癒の返事で作品が終わったのは、作者のヒロインへのいとおしみ、直哉の言う〈惨酷〉だとする心情的な抑制が働いていたからにほかならない。再説するまでもなく、前引の南部あて書簡（A）で芥川は「無数の金花たち」「の幻を破る事が反つて彼等を不幸にする苦痛」を繰り返し叫んでいたはずである。

つまり、作品存立のための芸術的要請と、その対極にある人間的要請と―二極に分裂する要求を同時に満たすのが「三」における〈矛盾の同時存在〉という〈新しい技巧〉であり、それを可能にしたものは〈潜伏〉という梅毒に固有の症状の絶妙な利用であった。

こうして〈暴露〉と〈奇蹟〉、〈無頼漢〉と〈キリスト〉の矛盾の同時存在は可能となったのである。(8)

以上のように考えてくるならば、「南京の基督」の〈新しい技巧〉が、たとえ「小僧の神様」のそれに触発されたものであったとしても、けっして二番煎じでないことは明らかであろう。

直哉の場合には、消極的、否定的な、言わばミセケチの技巧であったのに対して、芥川は〈矛盾の同時存在〉として顕在化させて読者を煙にまき、梅毒に固有の症状を絶妙に利用したタネアカシを施すというように、技巧は格段に洗練され、複雑化されているわけで、それはもはや作者のオリジナルな、会心の新技巧と評してよいものであろう。

「小僧の神様」が作者の〈惨酷〉だとの規制により、〈附記〉の技巧によって緩和されることになったのは確かであるが、実際には〈残酷な真実《オーディアス・トルース》〉を提示していることは紛れもない事実である。Aはもはや二度と小僧に〈恵み〉をもたらすことはない。

「南京の基督」も同様であるが、ここでは救済がないゆえにいっそう無惨であり、直哉と違って芥川はヒロインへの愛惜、慟哭の心情を揺曳しつつも、〈暗黒の人生〉ににじり寄っており、疑いもなく血は流れている。その傷の深さだけ、二作の残響はその強弱を異にしているはずである。

注

(1) 昭四六・一『国語と国文学』。のち改稿改題のうえ、『芥川龍之介論』(昭五一・九　筑摩書房刊) に収録。引用は同書による。
(2) 「最近の創作を読む　六」大九・七・一一『東京日日新聞』。
(3) 『鑑賞と研究　現代日本文学講座　小説4』(昭三七・三、三省堂刊) に収録。のち『日本文学研究資料叢書　志賀直哉II』(昭五三・一〇、有精堂刊) に再録。引用は後者による。
(4) 『日本近代文学大系31　志賀直哉集』(昭四六・一、角川書店刊) 所収の「補注二五一」。
(5) 右に同じ。
(6) 同右書の「補注二五〇」。
(7) 亀井雅司「志賀直哉の短編—その構造—」(昭四六・四『国語国文』。のち『日本文学研究資料叢書　志賀直哉II』に再録。引用は後者による) で、「附記でありながら単なる附記を超えている」として〈附記〉に注目している。管見では今日までこれが検証するに足る論拠を示した唯一の〈附記〉肯定論である。ただし、それは本稿とは全く異なる。氏は〈附記〉を、この作品で小僧とAを「対比的交互的に描く」という「構成のバランスを崩そうとしない作者の基本的姿勢」を示すものととらえ、「Aの心の微妙なかげりを追求することを打ち切ったのではない」とするのであるが、〈附記〉においてAの心が追求されていない事実からしても、この理解は無理だと私は考える。

（8）三好行雄は前掲論文で、「南京の基督」の「三」にある日本の旅行家の言葉を引いて、次のように述べている。

《それとも黙つて永久に、昔の西洋の伝説のやうな夢を見させて置くべきだらうか……》

（傍点は三好氏）

日本人のこの自問自体が、実はむなしい。奇蹟を信じたことの徒労に醒める日は、かならず来る。彼女が〈永久に〉夢を見つづけることは、所詮不可能なのである。金花はやがて、イエスに裏切られたOdious truth を、自己の肉体を明証として発見するはずであり、そのとき、病んでなおイエスの像を見る〈無邪気な希望の光〉は、確実に消えるだろう。

宮坂覺も（「『南京の基督』論―金花の〈仮構の生〉に潜むもの―」昭五一・二『文芸と思想』四〇号）三好説を肯定して、「『永久に』という言葉は宙に浮く。」と指摘して、芥川の南部あて書簡は所詮「反論のための反論」でしかなかった理由の一つにあげている。

しかし、これは必ずしも矛盾と断定できないと私は考える。なぜなら、日本人がいかに〈無頼漢〉の事実を暴露したとしても、病気が（平癒）したと金花が信ずる以上、その信仰は不動であり、〈潜伏期〉が過ぎて再発しても、金花はそれを〈再感染〉としか認めず、再び降臨の〈奇蹟〉を渇仰し続けるであろうから。とすれば金花は「永久に」夢を見続けることになるはずである。

II　芥川をめぐる人々

1 芥川龍之介と漱石・鷗外

漱石・鷗外への私淑

芥川はつとに〈漱石と鷗外の私生子〉といわれ、更にそれを一歩進めて彼が鷗外の〈文学的〉な弟子であり、漱石の〈人間的〉な弟子であるとする見方はほぼ今日の通説と言ってよい。しかし同時に問題はそこに胚胎しているので、以下に問題の所在を明らかにしながら稿を進めることにしたい。

芥川が鷗外と漱石に格別に私淑傾倒していたことは、彼がこの二人の作家に〈森先生〉〈夏目先生〉の敬称を用いて書き残した数多くの文章に明らかなので、詳述の煩を厭って引例は一、二にとどめるが、既に中学時代には漱石・鷗外の作品は「大抵皆読んでゐる」(「小説を書き出したのは友人の煽動に負ふ所が多い」、大八・一『新潮』)と言い、東大英文科に入学の大正二年には、

鷗外先生の『分身』『走馬燈』『意地』『十人十話』なぞよみ候皆面白く候へども分身中の「不思議な鏡」走馬燈中の「百物語」「心中」「藤鞆絵」意地の「佐橋甚五郎」「阿部一族」十人十話中の「独身者の死」最面白く中でも『意地』の一巻を何度もよみかへし候

（大二・八・一九付　広瀬雄宛。引用に際して単行本は二重カギに改めた、以下同じ。）

と記し、晩年の「文芸的な、余りに文芸的な」（昭二・四『改造』）においては、

「渋江抽斎」を書いた森先生は空前の大家だつたのに違ひない、僕はかう云ふ森先生に恐怖に近い敬意を感じてゐる。（十三　森先生）

「それから」「門」「行人」「道草」等はいづれもかう云ふ先生の情熱の生んだ作品である。（十七　夏目先生）

等の一斑の立言によっても芥川の傾倒の度は十分推察できるであろうが、決定的なのは大正四年一一月に芥川が友人の林原（当時は岡田）耕三を介して山房の門を敲き、直接漱石に師事したことである。以後漱石の死まで山房訪問は続き、その間漱石を第一の読者として久米正雄、成瀬正一等と第四次『新思潮』を創刊し、これによって創作の力量を漱石に示す機会をつくろうと図ったが、この目論見は見事に当って創刊号（大五・二）に掲載された「鼻」が漱石から激賞され、次いで同門の兄弟子である鈴木三重吉の推挽[1]で大正五年九月号の『新小説』に「芋粥」を、翌月の『中央公論』十月号に「手巾」を発表して鮮やかに文壇にデビューし、同年十一月には漱石をして「芥川君は売ツ《ママ》子ニ《ママ》なりました」（大五・一一・一六付成瀬正一宛）と言わせる程になるのであるが、その過程で見逃せないのは師弟間のこまやかな交情である。

あなたのものは大変面白いと思ひます落着があつて巫山戯てゐなくつて自然其儘の可笑味がおつとり出てゐる所に上品な趣があります夫から材料が非常に新らしいのが眼につきます文章が要領を得て能く整つてゐます敬服しました。あゝいふものを是から二三十並べて御覧なさい文壇で類のない作家になれます

（大五・二・一九付　芥川宛）

人格的なマグネティズム

言うまでもなく「鼻」を評した有名な書簡の一節であるが、無名の文学青年が師と仰いで敬愛する作家からこのような口調でこのような讃辞を受けた場合、その喜びは戦慄的なものである（久米正雄『風と月と』昭二二・四、鎌倉文庫はそれを伝えている。）と同時にかけがえのない自信が満身に満ち溢れてくる思いを禁じえないであろう。特に続けて次のような言葉が次々に発せられる場合にはその放射する「人格的なマグネティズム」（「あの頃の自分の事（別稿）」(2)）は一層増幅されて魔力を発揮するであろう。次に引くのは大学を卒業して千葉県一の宮で執筆と海水浴を楽しんでいた芥川と久米に宛てた長文の書簡の一節。

勉強をしますか。何か書きますか。君方は新時代の作家になる積でせう。僕も其積であなた方の将来を見てゐます。どうぞ偉くなつて下さい。然し無暗にあせつては不可ません。たゞ牛のやうに図々しく進んで行くのが大事です。文壇にもつと心持の好い愉快な空気を輸入したいと思ひ

ます。それから無暗にカタカナに平伏する癖をやめさせてやりたいと思ひます。是は両君とも御同感だらうと思ひます。

（大五・八・二一付　久米・芥川宛）

続けて三日後に同じく二人に宛てたこれまた長文の書簡の中で、当時の代表的な文芸誌である『新小説』（もはや全盛期を過ぎてはいたが）にはじめて作品「芋粥」（大五・九発表）を投じた芥川が初舞台である故に発行日が近づくにつれてつのってくる不安な心情を手紙で訴えて来たのに対して、次のように激励・断言している。

まだ何か云ひ残した事があるやうだけれども。あゝさうだ。〳〵。芥川君の作物の事だ。大変神経を悩ませてゐるやうに久米君も自分も書いて来たが、それは受け合ひます。君の作物はちやんと手腕がきまつてゐるのです。決してある程度以下には書かうとしても書けないからです。久米君の方は好いものを書く代りに時としては、どつかり落ちないとも限らないやうに思へますが、君の方はそんな訳のあり得ない作風ですから大丈夫です。此予言が適中するかしないかはもう一週間すると分ります。適中したら僕に礼をお云ひなさい。外れたら僕があやまります。

（大五・八・二四付　芥川・久米宛）

魔術的な魅力

右に引用したこれら一連の書簡は表面的には確かに〈新時代の作家〉志望の青年に対するゆきとど

いた賞揚であり、理解と愛情に満ちた激励、期待ではあるけれども、一方そういう客観的、第三者的な立場でこれを読むのとは別に、こういうふうに次々に手をかえ、品をかえて、賞揚され、期待され、激励を重ねられる当事者、当の本人である若い無名の芥川の身においてこれを見てみるならばどうであろうか。

それはまさしく天成の催眠術師《ヒプノタイザー》に操られ、その魔術的な口調に導かれるまま、創作の世界に足を踏み入れ、やがてその世界に魅せられて行く者の姿ではなかったか。漱石の言葉はそういう魔術的な魅力をもった言葉ではなかったか。

無論明敏な芥川が漱石のそういう危険性に気づかなかったわけではない。しかしそれはこの時点ではなく、漱石の死後しばらく時間を経過してからである。「あの頃の自分の事(3)(別稿)」(大八・一『中央公論』)に菊池寛に宛てた書簡の体裁で次のような言及がある。

この頃久米と僕とが、夏目さんの所へ行くのは、久米から聞いてゐるだらう。始めて行つた時は、僕はすつかり固くなつてしまつた。今でもまだ全くその精神硬化症から自由になつちやゐない。(中略)僕は二三度行つて、何だか夏目さんにヒプノタイズされさうな、たとへばだ、僕が小説を発表した場合に、もし夏目さんが悪いと云つたら、それがどんな傑作でも悪いと自分でも信じさうな、物騒な気がし出したから、この二三週間は行くのを見合せてゐる。人格的マグネテイズムとでも云ふかな。《ママ》兎に角さう云ふ危険性のあるものが、あの人の体からは何時でも放射してゐるんだ。

と芥川は言い、同じく「あの頃の自分の事（別稿）」の他の章で「羅生門」（大四・九『帝国文学』）の反響にふれ、批評の対象にならないばかりか、友人から「小説を書くのが不了見なのだから、匆々やめるが好い」と言われ、「自分は、やはりその『書きたがる病』にとりつかれてゐるだけで、中学の教師にでもなる方が適材ぢやないか」と考えることもあった芥川が漱石の「鼻」の賞讃によって一転して創作の道にのめりこんで行ったのは畢竟漱石によって〈ヒプノタイズ〉されたというほかはない（周囲の友人達は「鼻」に対しても大同小異の反応で、漱石の賞讃には首をかしげて不満であった）であろう。

それを側面から証するのが久米正雄の次の一文である。

この「鼻」に対する夏目先生からの称讃が、彼の作家たらんとする意志を決定させたもので、その前に菊池のいろいろな激励があつたとか、それ以前に根本的に僕等の煽てがあつたとか、それはもちろんであるが、それは遠因であつて、本当に彼が作家になろうとしたのは、この「鼻」を書いて夏目先生から手紙をもらつて、判然したのでしよう。その時までは、実際どうしようかと思つていたらしい。作家になれたらなりたいが、なれなかつたら教授でもいいと思つていたらしい。判然作家になろうとしたのは、この手紙をいただいてからだろうと思う。

それだけは僕は太鼓判を押してもいいと思う。（「芥川龍之介の印象」初出未詳・『近代文学鑑賞講座11　芥川龍之介』所収、昭三三・六　角川書店）

ところでこれまで引用した漱石書簡に見られるように、漱石の芥川に対する賞揚・激励は無名の文学青年に対するものとしては、客観的に見ていささか常軌を逸した、過度の執着・慫慂・期待の感があることは否定できないのであるが、そこには一体何があったのか、どういう事情が介在していたのであろうか。

交流の特質

作家生活に入ってからの漱石が外部と接触する主な通路は木曜会だけであったが、この時期の漱石は周囲に集まるメンバーに失望して孤独な状態を余儀なくされていた—創作をやる者はおらず、英文学の相手が勤まらないのは無論、漢詩・俳句・書・画、どれ一つをとってみても満足に漱石とわたりあえる者はいなかったからである。そこへこれらの全てを満たす芥川や久米が登場したのであるから、彼らの出現が久しい間の渇をいやすものとしてどんなに彼を驚喜させたかは想像に難くないし、また彼等もそれにのびのびと応じ一層喜ばせたようである。

一例を示せば漱石は芥川と久米に宛てた書簡をこう書き起す。「此手紙をもう一本君等に上げます。君等の手紙があまりに溌剌としてゐるので、無精の僕ももう一度君等に向つて何か云ひたくなつたのです。云はゞ君等の若々しい青春の気が、老人の僕を若返らせたのです。」（大五・八・二四付）と若い弟子達との接触に激しい精神の昂揚を覚えていたことを親密率直に吐露し、彼らの方でもまた「先生は少くとも我々ライズィングジェネレェションの為に、何時も御丈夫でなければいけません」（大五・八・二八付芥川の漱石宛書簡）というように何の遠慮や屈託もなく、のびのびと応じており、その中に深い信頼といたわりが溢れ、確実にそこには心の通いあう交流があったようである。

芥川と漱石とのかかわりは具体的な事例を挙げて行けば未だ他に数多くあるが、しかしその実質は以上の引例のパターンに尽きる。

〈人間的〉な弟子と〈文学的〉な弟子と

従って両者のかかわりを一言で言うなら〈人間的〉な接触であり、それは極めて真率で親密で理解と愛情に満ちた人格的なものである。勿論作品についての批評もある、しかしそれは専ら技術批評であって（例えば「芋粥」を評した大五・九・二付芥川宛書簡参照）その点からすれば漱石の芥川観はかなり透けて見えるように思われる。つまりこれらの技術評と例の「鼻」賞揚の一文における、この種の作品を二三十並べれば「類のない作家」になれるという認識を結んで得られるイメージは、新しい多様な材料を自在に駆使し、端正な文体で次々と二三十も並べ得る、稀有な物語的才能に恵まれた作家というものであろう（猶この漱石の芥川観の問題については別に拙稿[4]があるのでそれに譲ってここでの言及はこれにとどめる）。これは漱石と文学的にかかわりあう作家のイメージからは無論遠いと言わなければならないし、むしろ逆に鷗外からの影響—殊に翻訳短篇小説集『諸国物語』（大四・一、国民文庫刊行会）との影響関係の方が遥かに密接なものがあると言えるであろう。

かくてこの視点からする限り、佐藤春夫の「芥川君はその門に出入した点では確かに漱石先生の弟子ではあるけれども、作品から重大な影響を受けたのは、鷗外先生の方が或は多かろうと思へる程です」（「座談会　森鷗外」昭一一・九刊『明治大正文豪研究』所収）という言に代表されるように、鷗外と漱石からの影響関係を辿ると、殆どの場合漱石の〈人間的〉な弟子であり、鷗外の〈文学的〉な弟子という結論に一様に帰着するのである。そこに従来の論の方法的限界があった。つまりこの方法―両者の書簡・エッセイ・回想・エピソード等を収集し、その比較考量によって明らかにしようとする場合、資料に偏りがあることは避けられないし、この場合のように漱石・鷗外の人間的側面にかかわる言及が多い場合には、勢い親疎・好悪等の面に限定されてしまう結果になり、測定を誤まる危惧が十分予想されるのである。(誤解の惧れはないであろうが、私は〈人間〉的かかわりの追求を否定しているのでは決してない。それはあくまで作家研究の一部として位置づけられなければならないというのにほかならない)。

従って今後このテーマを一層深めるためには方法的反省が要請されているわけであるが、そのためにはまず基本的な方向として、従来の論考が前述したように人間的な側面での追求に偏していたことの反省に立って、本来の軌道に乗せることが最も肝要であり急務であろう。

本来の軌道とは作家にとって最も本質的な文学的かかわりを明らかにすることであり、そのための方法としてはさしあたって次の三つがなされる要があろう。

文学的関係追求の要

一つは個々の作品相互の影響関係を具体的に明らかにすることである。芥川の作品における漱石作品の投影を構想・登場人物・場面や視点の設定・テーマ等さまざまな面から比較検討することが必要である。

その為には無論通説や定説に挑戦する蛮勇が必要であり、例えば中村真一郎の「芥川龍之介は夏目漱石から文学的影響はほとんどうけなかった。（中略）漱石の影が芥川の作品のうえに映じていない、ということにほかならない。」（『芥川龍之介の世界』昭四三・一〇、角川文庫。傍点原文のまま。以下同じ。）という意見に代表される具体的な論拠をもたない印象的裁断は峻拒すべきであろう。猶この種の仕事の先蹤には「三四郎」と「路上」、「それから」と「秋」を検討した三好行雄「ある終焉―『秋』の周辺」（『芥川龍之介論』昭五一・九、筑摩書房）があり、示唆する所大きい。

次に芥川の人間観、人間認識を作品のテーマと関連させて明確にしなければならない。

漱石の関心が一貫して人間のエゴイズムにあり、作品は年を追うごとに苛烈な達成を示し、老辣無双の感を深くしていることは事あらためて言うまでもない。

一方芥川の出発を示す「羅生門」から晩年の「玄鶴山房」に至る芥川文学の歩みにおいて、程度の差はあっても何らかのかたちでエゴイズムの問題にかかわらない作品は稀であろう。

共にエゴイズムをその人間認識の中核におく両者の同質性と異質性、あるいはその影響関係が作品のテーマと関連づけてこれまで論じられることがなかったのは研究の盲点であり死角であった。

この問題にこれまで最も鋭く切りこんだのは駒尺喜美氏(5)で芥川は漱石の到達した「エゴイズム認識を、そのまま頂戴して出発」した「漱石の直系」と明快に断じて通説を排した刺激的な論考。但しこの種の議論は慎重な手続乃至は用意が必要なので、もし氏の言うようだとすると芥川の読書、東西古今に亘る驚嘆すべき読書とは一体何だったのか、スッポリ抜け落ちてしまうであろうし、また芥川とは実につまらないことをしかしなかった作家だということで首肯できない点もあることをつけ加えておきたい。

最後になったがもうひとつは両者の文学観、文学精神とその文学の方法を明確にすることである。

以上三つの点は相互に関連するものではあるが、しかしそれぞれに明確にすべき問題点であり、両作家の本質を明らかにする上でも重要な論点であろう。

「閉口」と敬服

芥川は東大英文科の学生時代に第三次『新思潮』（大三・二〜九）同人の山宮允と観潮楼に鷗外を訪ね、「仏蘭西の小説、支那の戯曲の話」などを聞き、「話の中、西廂記と琵琶記とを間違へ居られし為、先生も時には間違はるる事あるを知り、反つて親しみを増せし事あり。」と後に追悼文「森先生」（大一一・八『新小説』）に記しているが、この訪問は漱石山房に出入する以前、大正三年か四年の夏の夜であったようだ。座談中芥川は鷗外の勘違いに気がついたが、推測すればどうやらその誤まりを指摘する気になれず、そのままにしてしまったような口吻であり、その事で人間的な「親しみ」を感じたと記し、「堅苦しさは覚え」なかったとも言っているのであるが、漱石の場合とは違ってその懐にとびこんで談論風発するというような具合には行かなかったらしい。そのことは以後鷗外の死まで恐らく数回しか訪れていない事にも現れているであろうし、次の小島政二郎宛書簡が雄弁にこれを語っていよう。

近日森鷗外先生におめにかかり度き事情有之候へども　一人参るは少々又閉口する事情も有之

かたがた御同行願ひ度存候へども御都合如何に候や　（大一一・六・二付）

鷗外宅への同行を懇請しているのであるが「又閉口する」とあるところに鷗外との対面を苦手としている芥川の気持があらわに見えており（付け加えて言えば、この時小島の方の都合がつかず、その後二十日以上経ってもまだぐずぐずしており、「仕事山積の為まだ鷗外老人には拝謁せずそれも此処一週間位の内には兎に角会つてみるつもりに候」〈大一一・六・二四付　渡辺庫輔宛〉などと言ううちに鷗外は世を去り結局会わずじまいになるのである）、その小島政二郎は龍門に最も親しく出入した一人であるが、後に『鷗外　荷風　万太郎』（昭四〇・九、文芸春秋新社）の中で芥川の言っていたこととして、漱石はアグラをかいて、その上に僕らを乗せてくれるけれど、鷗外の場合はアグラをかいたことがない、また鷗外はいい葉巻を吸っていたが、鷗外が箱から一本つまみ出すときに、僕にも一本下さいと言い出すスキがとうとうなかったという回想を書きとめているが、この印象的な比喩とエピソードは漱石と鷗外の人間に対する芥川の感情の帰趨を明瞭に語っていよう。

　さて芥川が直接に鷗外の作品もしくは作家としての鷗外について記したものは決して多いものではなく、中に「この間又山椒太夫をよんでしみじみ鷗外先生の大手腕に敬服しました僕は二度よんで始めてうまさに徹する事が出来たのですあのうまさはとても群衆にはわからないでせうああいふ所まではいりこまなくつちや駄目ですねえ」（大六・三・九付、江口渙宛）というもの、また「スタイルも外のものと変りがありません。読んで読み飽かない、読む度に寧今までの《ママ》気のつかない美しさがしみ出して来る。さう云ふスタイルがほんとうのスタイルです。ほんとうのスタイルは今も数へる程しかありません。森さんのスタイルは正にそのほんものの一つです。」（「ほんものゝスタイル」大六・一一『中央文学』）というように高い評価を記しているものもあるが、他方「文芸的な、余りに文芸的な」（昭二・四『改造』）においては

けれども先生の短歌や発句は何か微妙なものを失つてゐる。詩歌はその又微妙なものさへ攫めば、或程度の巧拙などは余り気がかりになるものではない。が、先生の短歌や発句は巧は即ち巧であるものの、不思議にも僕等に迫つて来ない。これは先生には短歌や発句は余戯に外ならなかつた為であらうか？　しかしこの微妙なものは先生の戯曲や小説にもやはり鋒芒を露はしてゐない。（かう云ふのは先生の戯曲や小説を必しも無価値であると云ふのではない。）のみならず夏目先生の余戯だった漢詩は―殊に晩年の絶句などはおのづからこの微妙なものを捉へることに成功してゐる。（若し「わが仏尊し」の譏りを受けることを顧みないとすれば。）

僕はかう云ふことを考へた揚句、畢竟森先生は僕等のやうに神経質に生まれついてゐなかつたと云ふ結論に達した。或は畢に詩人よりも何か他のものだつたと云ふ結論に達した。

（十三　森先生）

というように非常に厳しい―刻薄と言ってもよい評価を下している。この一文を決定的な断案を下したものとして一般には両者の資質の相違を強調するのであるが、私はそういう見方に対して懐疑的であり、大事な点を見落しているのではないかと考える。

時間的な変化による理解の必要

確認しておきたいのは芥川は中学時代から一貫して鷗外の著作に目を通していることであり、第二に芥川の文学観は時間の経過と共に変化し、初期と晩年のそれでは対極にあると言ってもよいわけで、それに伴なって鷗外への評価も初期と晩年では当然変っている筈で、従ってその評価の正当な把握のためには時間の軸に沿った理解が必要なことであり、第三にこの「森先生」は死の直前、最晩年のものであり、この「森先生」を含むエッセイ「文芸的な、余りに文芸的な」は『改造』(昭二・四)連載の第一稿でその中心テーマは〈「話」らしい話のない小説〉の提唱であり、〈詩的精神〉の賞揚、高唱を試みている文脈の中に「森先生」も位置していて、その詩歌への不満があげつらわれ、「詩人」ならずと宣告されているということである。

私の言いたいことはもはや明らかであろう。ここで見るべきなのは資質の相違などという今更言ってみてもどうということもないものではなく、芥川晩年の小説観の反映にほかならないことを銘記すべきなのである。

芥川の鷗外評価を時間の軸に沿って整理してみれば初期の傾倒、高い評価から次第に低下して晩年の「詩人ならず」に変化していることが判然する筈で、しかもこれは芥川の文学と文学観の変化と正確に見合っているのであり、従って例えば初期の芥川作品のあの特徴―フィクショナルでエキゾティックで人工的で教養的な世界を、後に文学観の変化によって否定することがナンセンスであると同様に、鷗外に対する評価の場合にも一時期の否定的な評価をもって全てを律するような短絡は厳に排されねばならない。ただし蛇足までにあえて言えば晩年に芥川が自らの初期世界を排する〈「話」らしい話のない小説〉を説き〈詩的精神〉や〈詩人〉に殆どモノメニャックなまでに執拗にこだわったのは、他の何であるよりも詩をつくり、詩人であることに最も憧れ、詩人と認められることを最も望み、自他共に許す詩人をもって任じていたかった芥川の内的衝迫、そのボルテージがもはや押しとどめがたいまでに高まってきていたことを示すものにほかならないのではないかと私は思う。

ところでこれまでにもすでにふれたように、芥川が鷗外の文学的な弟子であるとする通説は長い歴史をもつだけにさまざまの指摘が行なわれている。

但しそれらは卒直に言って単なる指摘にとどまって、厳密な検証にたええないものも多いのであるが、しかしこの種の指摘の常として或程度やむをえない面もある事は確かであって、問題はむしろ今後の課題として作家あるいは作品の具体に即して、検証にたえうる論拠を明示した意見の提示が、当然の事ながら確立される要がある。

文体・形式・方法などの追求

それはともかく、芥川の受けた影響のうち文体の問題がまず考えられるが（紙数がないのでここでは細かな現象面での影響の指摘は省略する）、そこで最も重要なのは鷗外が世界における近代短篇小説の見本市とも言うべき翻訳集『諸国物語』（前出）において開示してみせた「近代日本人の感覚と論理とを表現するため」（中村真一郎『芥川龍之介の世界』昭四三・一〇、角川文庫）に創造した「新しい日本語の文体」（同前）に学んで初期の模倣からやがて自らの文体を創り出して行ったことであろう。言うまでもなく〈文体論・文体研究〉の概念―対象と範囲は現在までのところかなり曖昧なのであるが、それを更に深める一つの方法としても中村真一郎氏の指摘する「芥川龍之介の新しい作家としての美点は、なによりもまず、乾燥した知的な対象の処理法にあったのである。鷗外の影響のもっとも強かったのは、じつは芥川の作家的形成の根本にかくれている、この、対象からの距離をたもつ造型法に見られるのかも知れない。としたら、芥川に近代文学の秘密を開く鍵を手渡したのは鷗外であり、鷗外が芥川を作った、ということになるのである。」（同前）という意見は示唆的なものとして注目したい。ただし、この指摘そのものについての私見を言えば〈対象からの距離をたもつ造型法〉を芥川文学の特質とすることについては全く同感であるが、それが鷗外から手渡されたものであり、それ故〈鷗外が芥川を作った〉のだとする断言には懐疑的である。

というのはこの〈対象からの距離をたもつ造型法〉というのは、鷗外のものであるばかりでなく同時に漱石のものでもあるからである。一例をあげれば「鼻」は漱石の「吾輩は猫である」の〈造型法〉に直接するものと見做されるのではないか。

というふうに考えると今後に慎重な吟味は必要であるが、従来の壁を破った新しい地平を切り拓く提言として重視したい。

次に形式の問題があるが、これについては吉田精一『芥川龍之介』（昭三三・一、新潮文庫）に〈短篇物語体〉〈写生文体〉〈独白体〉など十数種に分類整理しての精細な研究があり、また材源の問題についても吉田精一をはじめとして諸家によって精細な調査探索が進められ、結果として鷗外の、殊に『諸国物語』の影響乃至はヒントを得た作品も幾つか指摘されている。

最後にあと一つ方法の問題にふれておきたい。漱石との場合同様、鷗外との場合も歴史小説の方法についての検討を除くと遅れている。そういう中で鷗外の翻訳した『諸国物語』所収の作品との関係―その成功例と失敗例の二つの場合について論じた小堀桂一郎の論考を収めた『森鷗外の世界』(昭四六・五、講談社)は注目すべき成果と言ってよい。

小堀氏は〈芥川龍之介の出発と『諸国物語』―「羅生門」恣考―〉(前掲書所収)の中で「橋の下」と「羅生門」の成立の関係について論じ、その結論として、

「芥川は「羅生門」に於て(「青年と死」「仙人」などの場合とは違って)「橋の下」を模倣したのではない。彼は「橋の下」を完全に消化し、その小説作法を自家薬籠中のものとした上で、これを「今昔物語」からとった材料の上に応用してみたのだ。そしてこの応用は完全に成功であった。(中略)当時の人は俄かにはこの作品を認めなかったが、しかし芥川の自信はゆるがなかったことと推察される。何故ならここで芥川が会得したのは「羅生門」という特定の一作の構成ではなくて、短篇小説というものの作り方そのものだったからである。

と述べ、これは従来の影響論を突き破った試みとして貴重である。

もう一つは失敗例で〈「アンドレアス・タアマイエルが遺書」と「二つの手紙」〉(同前)の中で、芥川が鷗外訳の「アンドレアス・タアマイエルが遺書」をヒントに「二つの手紙」を書くが、鷗外訳は「大いなる誤訳」(つまり主人公が愚物・鈍物であり、それを作者が徹底的にからかい、なぶりものにして

いることを文体が示すというからくりになっているにもかかわらず、鷗外はそれに気づかずキズのない、格調高い文章にしてしまったため作者の真意が伝わらなくなってしまっていることを言う）故に失敗作となっている所以を明らかにした警抜な論である。

中村真一郎『芥川龍之介の世界』はすでにふれたように、芥川を鷗外の〈文学的〉な弟子とする代表的な見解の書であるが、その一節で芥川が鷗外から継承しなかった〈重大なこと〉として〈方法〉にふれて次のように指摘している。

鷗外は西欧から「結果の移入」のみならず、「根本の方法」を学ぶことを唱え、「方法そのものを意識していた」のに対して、芥川は「鷗外の仕事のなかに、樹立されつつある方法の下図」を見ることがなく、従ってその西欧文学理解は鷗外とくらべて「より印象主義的」であり「非方法的」であったとし、畢竟そのことが「小説形式の領域」を拡大させることにならず、また「小説的方法を次第に高い人生展望の道具として発展させて行く」ことにならなかった「根本的原因」と見ているのであるが、首肯できる見解であり、今後に更に深められるべき課題である。

注

＊ 芥川の原文引用は全て筑摩書房版全集（昭三九・八〜四〇・三）に拠った。但し、作品の表題に異同のある場合は新版の岩波書店版全集（昭五二・七〜五三・七）の表題に統一した。その方が適切と判断されるからである。

（1） 久米正雄「今昔」（初出大一四・四〜五『文芸春秋』。『久米正雄全集13』所収、昭六・一、平凡社。引用は全集による）は第四次『新思潮』当時、久米に寄せられた諸家の書簡九通に若干のコメントをつけて発表したもので三重吉のものは四月号の冒頭にある。猶この書簡は管見の範囲では従来引用されたことがないが、デビュー前の芥川についていくつかの重要な事実を知らせてくれる—第一に三重吉と芥川は大五・五・一八以前には面識がないこと、第二に「鼻」が漱石の賞讃を得、それが当時『新小説』の顧問をしていた三重吉を動し、その推薦で「鼻」が大五・五『新小説』に再掲されたとする記述が従来多くあるが、長野甞一・三好行雄も既に指摘しているように（管見では両氏のみ）再掲の事実はないし、その事は書簡に明らかであること、第三に芥川が「芋粥」を『新小説』に発表することになった経緯がこの書簡及び久米の記述によってその事実と時期が確認されること等の点で貴重である。

「拝啓毎度『新思潮』を有難う存じます。面白く拝見して居ります。これまでの諸作中「鼻」と「手品師」を最も面白く拝読しました。時に面倒な事をお願いして相済みませんが、芥川龍之介氏に御紹介を願へますまいか。一度お会ひして、御相談申したい事があります。もし面会し得る時日を御指定下さいませば幸甚に存じます。私は火曜の午前、金曜の午前、木曜の午後、日曜の終日は学校又は面会日で、御伺ひ出来ません。その以外ならばいつでもよろしうございます。大正五年五月十八日附。府下荏原郡大井町三三三高野方。鈴木三重吉氏より。

（2）　鈴木さんは其の当時『新小説』の編集顧問をして居られた。それで私は此の直接の先輩に認められた事を何よりも喜んで、直ぐ氏と芥川と三人で、確か神田のパウリスタで会見した。そして其の結果は、果して『新小説』へ芥川の小説を載せて貰へると云ふ事になつた。「芋粥」がそれだつた。」

「あの頃の自分の事」（大八・一『中央公論』）は第四創作集『影燈籠』（大九・一、春陽堂）に初収の際、初出の「二」「六」章がカットされた。このカットされた二つの章を岩波新版全集では「あの頃の自分の事（別稿）」と呼んでいる。ここはその「六」。

（3）　注（2）に同じ。

（4）　拙稿「夏目漱石と新思潮派」（『一冊の講座　夏目漱石』八二・二　有精堂所収）。

（5）　駒尺喜美「漱石と芥川」（昭四五・一一『国文学』）、同「認識と行動」（昭五〇・二『国文学』）。猶、この先蹤にはスペースの都合で引用できなかったが、臼井吉見「解説」（昭二八・九　筑摩版現代日本文学全集26『芥川龍之介集』）、荒正人「芥川龍之介」（昭二九・二『岩波講座文学5』）があり、ともに芥川を漱石の弟子とし、鷗外の弟子とする説を「ひがごと」（荒）として排している。

2　虚構の美学——芥川龍之介

白樺派の理想主義が退潮を示しはじめるのは大正中期頃からであるが、ちょうどその前後から文壇に登場して新しい表現の世界を切りひらいていったのが芥川龍之介、宇野浩二、豊島与志雄、内田百閒らの作家である。

彼らに共通する特徴は一言で言えば、人生や現実の新しい認識にあった。すなわち彼らは白樺派の作家たちとは異なり、いずれも明確な芸術家意識をもち、それぞれ独自の美学に基づいて現実を裁断し、現実とは別個の秩序をもった、虚構の美の世界を創造した。

芥川は鋭い理知と洗練された技巧と華麗な文体によって歴史小説に新しい表現の領域を拓き、宇野は独特の冗舌体の語りを創始してユーモアとペーソスの織りなす独自の宇宙を紡ぎ出し、豊島と内田は共に詩的精神と幻想に特色があり、ことに後者は幻想や夢やユーモアを媒介として未踏の領域を開拓するなど、いずれも後代の文学に大きな影響を与えた。

芥川の生涯

私小説の告白性を否定して虚構の方法に徹し、東西古今の典籍を渉猟してそこに作品の素材をあおぎ、一作ごとに形式を変え、文体を変化させ、登場人物の心理に新解釈を加え、芸術創造の営為の中にのみ〈芸術家の真の人生〉はあるとする独自の芸術至上主義を編むなど、芥川龍之介はブリリアントな才人の名をほしいままにした。後年は台頭する社会主義や芸術観の動揺、神経衰弱や健康の悪化に苦しみ、〈ぼんやりした不安〉を理由として三五歳で自殺した。

狂人の母と家の桎梏

龍之介は新原敏三・フクの長男として生まれたが、生後間もなく母が発狂したために母の実家芥川家にひきとられ、養子となった。芥川家は代々江戸城の御奥坊主を勤めた旧家で、一家は詩歌や音曲や歌舞伎を好み、江戸下町の雰囲気を濃厚にもった芸術好きの家庭であり、そうした中で龍之介の資質は豊かに育まれていった。しかし狂人の母という血への恐怖と、生家と養家の二つの家に出入する生い立ちの複雑さは必然的に早熟を強い、また「家」への遠慮や気がねを生涯に亘って強いることになった。才色兼備の初恋の女性吉田弥生を断念したのも、後年知友を驚かす礼儀正しさも、その端的な現われにほかならない。

華麗な登場

東京府立三中から一高を経て東京帝大英文科卒業というように、芥川は典型的な秀才であったが、本格的な文学修業は大学時代に始めた同人誌『新思潮』においてである。同誌に掲載の「鼻」(大五)が前年末から師事していた夏目漱石に激賞され、これが機縁となって「芋粥」(『新小説』大五)、「手巾」(『中央公論』大五)と相次いで佳作を当時の大雑誌に発表して鮮やかに文壇へデビューした。翌年第一創作集『羅生門』によって流行作家となり、次いで彼の代表作とされる「戯作三昧」「地獄変」「奉教人の死」などを収めた第三創作集『傀儡師』(大八)において同時代作家の頂点に立った。大正七年二月に結婚し、翌年三月には約二年間教師をしていた海軍機関学校をやめ、大阪毎日新聞社の社員となり、作家一本の生活に入った。

初恋の人―吉田弥生

弥生は龍之介と同い年の幼なじみで、青山女学院英文科を卒業。美貌で稀にみる才媛と言われ、龍之介は大正三年末頃結婚を決意するが家人の猛反対にあって破れた。理由は彼女が同年であること、士族ではないこと、複雑な戸籍などにあったと言われるが、この事件を通して知った人間のエゴイズムの認識は彼の人間観に大きな影響を残すことになる。

幼なじみ―塚本文との結婚

吉田弥生との不幸な訣別に激しい衝撃をうけた龍之介の傷を癒すことと、新たなトラブルが起きないうちに芥川家にふさわしい嫁を見つけようと芥川家の両親、伯母たちの積極的な嫁探しが始まり、選ばれたのが塚本文である。大正五年一二月に婚約し、七年二月に結婚した。文の父塚本善五郎は海軍大学を恩賜の時計で卒業した俊才で、日露戦争に軍艦初瀬の参謀（海軍少佐）として従軍するが戦死。あとに残された文（四歳）と八洲（一歳）をかかえた未亡人鈴は本所にある実家の山本家に身を寄せ、文が三一歳になるまで寄寓した。鈴の末弟山本喜誉司は芥川の三中時代からの親友で芥川が訪ねると幼い文が「兄さん、芥川さんが来たわよ」と声をかける幼なじみであり、婚約中の文にあてた芥川の書簡は無類のやさしさといたわりに満ちている。

作風の転換―現実への回帰

しかし悲劇はそこに胚胎していた。頂点は同時に停滞を意味していたからで、深刻なマンネリズムに陥り、そこからの脱却を求めて「秋」（大九）以後作風は歴史小説から現代小説へと大きく転換し、更に自らの体験に取材した〈保吉物〉と呼ばれる私小説的作品を書くに及んで転換は決定的となる。そうした背景には大正一〇年（一九二一）に中国を旅行して健康を害し、神経衰弱と睡眠薬の常用による急速な肉体の衰弱があり、更にプロレタリア文学の台頭にまつわる時代的な不安に加えて、大衆文学の興隆という新たな事態にも直面していたわけで、腹背に敵の攻撃を受けながら模索と混迷を繰り返すことになる。

ぼんやりした不安―晩年の作品と死の衝撃

年と共に肉体は衰え、神経衰弱が昂じ、大正一五年には幻覚や幻聴にもおびやかされ始め、狂人を母に持つ暗い血の宿命に慄き、自殺を決意するに至る。晩年に近づくにしたがい虚構と想像力による作品はほとんど影をひそめるが、そうした中にあって次に記す三作は〈虚構の美学〉を提唱した作者にふさわしい綽尾を飾る作品と言ってよい。「大導寺信輔の半生」（大一四）では主人公の家庭・環境・内面の成長軌跡を辿って虚構の中にひとつの時代の〈精神的風景画〉を描き、「玄鶴山房」（昭二）では全く救いのない病み衰えた画家の死の前後を暗鬱極まるリアリズムで凄絶にとらえ、「河童」（昭二）では架空のカッパの国を人間世界と対置することによって、我々人間獣の住む世界を鮮やかに風刺し、批判することに成功している。

これに対して死と狂気に足を踏み入れ、作家としては何よりも告白を拒否した芥川が、哀切な肉声を響かせることをはばからないのが晩年の作品の特徴で、「点鬼簿」（大一五）「悠々荘」（昭二）「蜃気楼」（同）「歯車」（同）等は狂気と死に牽引される日常を描いて鬼気に富む。谷崎潤一郎を相手に評論「文芸的な、余りに文芸的な」（昭二）を連載して論戦を挑んだが、そこで主張したテーマの一つ〈筋のない小説〉の実例は前掲の「蜃気楼」である。

昭和二年一月に義兄（姉の夫）西川豊が自殺した。保険金詐取の嫌疑を苦にしたものだが、芥川はその跡始末に困憊したところへ、年来の親しい友人宇野浩二の突然の発狂という悲運に相次いで遭遇し、決行の時期を早めたと思われる。昭和二年七月二四日未明、睡眠薬を飲み、「将来に対するぼんやりした不安」の言葉を残して自裁したが、その死は時代の転換期に苦悩する知識人の崩壊を象徴する事件として当代に大きな衝撃を与えた。

芥川の作家活動

作品・事項	年
羅生門	大正4
鼻	5
芋粥	5
戯作三昧	6
地獄変	7
奉教人の死	7
(大阪毎日社員)	8
秋	9
(中国旅行〈3～7月〉で健康害す)	10
藪の中	11
(健康とみに悪化)	11
保吉の手帳から	12
大導寺信輔の半生	14
点鬼簿	15
玄鶴山房	昭和2
蜃気楼	2
河童	2

歴史小説の時代（大正4～8）
虚構の美学

現代小説の時代（9～昭和2）
停滞と模索の時期
私小説への傾斜

芥川の作家活動について図式的に概説しておくと、活動の時期を大きく二分すれば大正九年の「秋」を境に前期と後期に分けることができ、三分するとすれば後期を更に大正一二年の「保吉の手帳から」を境にして切って「秋」以前を前期、「保吉の手帳から」以前を中期、以後を後期とする。前期は告白を拒否し、芥川に固有の虚構の美学をかざした歴史物の時代であり、後期は告白と抒情の私小説に接近する現代物の時代である。

稀有な短篇作家

芥川の最初の発見者である漱石の賞讃〈材料が非常に新らしいのが眼につきます文章が要領を得て能く整つてゐます敬服しました。あゝいふものを是から二三十並べて御覧なさい文壇で類のない作家になれます〉（大五・書簡）という炯眼な指摘は今も不動である。無類の読書量と博覧強記によって素材を東西古今に亘って（日本の場合で言っても神話物、王朝物、キリシタン物、江戸物、明治開化期物、現代物など）次々に新しく発見し、これを多彩な様式《スタイル》（物語、小説、スケッチ、書簡、独白、対話、戯曲、考証、ノート、記録など）と、巧緻な技巧（「奉教人の死」において男だと思っていた主人公が実は女であった、というように読者をあっと言わせる技巧はその典型である）を自在に駆使し、加えてそれらを均斉のとれた古典的な完成を示す作品にまとめあげる表現の才能によって、芥川は漱石がいみじくも予言・洞察した通り稀有な短篇作家になった。同時に芥川のこうした不断の努力によって日本の近代短篇小説のレベルは一新され、ほとんど世界的同時性の域にまで高められたと言ってよい。

同人誌『新思潮』

東大の学生を中心とし、明治四〇年に第一次が刊行されてから今日までに約二〇次を数えるが、普通〈新思潮派〉とは第四次をさす。第四次『新思潮』は夏目漱石を読者対象としてイメージして、芥川、久米正雄、菊池寛、松岡譲、成瀬正一の五人で大正五年二月から六年三月まで全一一冊を刊行。芥川の「鼻」、久米の「手品師」、菊池の「父帰る」など初期の代表作が発表された。

芥川の影響関係

和漢洋にわたる博大な読書家で一々あげきれないが、欧米の作家では特にポー、メリメ、アナトール・フランス、スイフト、モーパッサンなどに学ぶ所が大きく、日本では直接師事した漱石をはじめ、森鷗外、国木田独歩、北原白秋、志賀直哉などが重要であろう。同時代及び後代の作家についてははかり知れない影響を与えている。

傍観者的な心理分析というレッテル

今日までの最も一般的な芥川文学のイメージは、多分理知的でブッキッシュで教養的でエキゾティックな奇譚の世界ということになるであろう。更に批判する場合には、所詮作者は人生の傍観者であり、作品は学才の所産であって、人生の広く深い現実に相わたらない故に、そこには二〇歳前の青年が喜ぶような皮肉や冷笑や心理分析や人生解釈があるにすぎないというふうに集約されるであろう。

作品に即して言えば芥川の歴史小説はテーマ小説であり、心理小説だとして「羅生門」から〈生きるためのエゴイズム〉を剔抉し、「鼻」には〈自尊心に基づく心理の推移と傍観者の利己主義〉を指摘し、「芋粥」は〈理想は理想である間が尊く、それが実現された時には幻滅があるのみで、理想や欲望は実現されぬうちが花〉だと言う。しかしそうした見方は芥川の文学を余りにも浅薄な理知主義の所産に限定し、極めて皮相な常識論に還元するものであって、読者を正しくその世界に導き入れるものとは言えないだろう。

鋭い頭脳と柔らかい心臓

芥川が鋭い、がっしりした頭脳をもっていたことは確かであるが、同時にまた繊細な、余りに繊細鋭敏な柔らかい心臓をもっていたことも事実である。羅生門の楼上や鼻長き内供や五位の上に、血で血を洗うような野蛮で残酷で下等な娑婆苦に満ちた現世の争闘を見ることは容易であるが、しかしエゴイズムの剔抉にのみ目を奪われては半面の真実をとり落すことになる。「芋粥」でいえば五位とは、いつの世にも存在する、周囲から拒まれている人間の典型なのであり、世間は彼に嘲笑、侮蔑しか与えない。そこでは、強者と弱者、勝者と敗者という相対的な関係によって成り立つ世間の仕組みに、〈世の中の下等さ〉を見、呪詛しているのを忘れてはならない。芥川に理知主義、合理主義のレッテルを貼り、人生に相わたらぬ学才の所産とするのは〈柔らかな心臓〉への無知と思考停止の怠惰な精神の表われにほかならない。

恍惚たる悲壮の感激―芥川の美学

実生活の告白を拒否し、虚構と想像力による文学世界の造型をめざした芥川は、一連の芸術家小説、とりわけ「戯作三昧」「地獄変」などの秀作を生み、主人公の戯作者馬琴や、稀代の絵師良秀の中に、おのれの理想とする独自の芸術至上主義を鮮烈に刻んだ。馬琴は、実生活における、悪意にみちた批評や版元の慇懃無礼な態度や軽薄無恥な文学青年との応接等々一切を人生の残滓として葬り、芸術家の人生はデーモンに憑かれて創造する〈恍惚たる悲壮の感激〉の中にしかないとする。良秀は更にそれを徹底し、芸術家の栄光にかけて世上の一切の毀誉褒貶を無視し、阿鼻叫喚の地獄図絵を完成するために最愛の娘をモデルとして焼殺し、〈恍惚とした法悦の輝き〉の中に古今無双の名画を完成する。

狂気と死に彩られた心象風景

しかしこの虚構の美学はマンネリズムの到来と急速な肉体の衰弱によってまもなく崩壊し、芥川は、停滞と混迷の中に告白的傾向を強めてフィクションを交えながらも「大導寺信輔の半生」の中に半生の精神の軌跡を辿り、死と狂気に浸された暗鬱な心象を「蜃気楼」に点綴し、また長い禁忌を破って自ら母の狂気をあかす哀切な私小説「点鬼簿」を書いた。

遺稿として残された「歯車」は、地獄よりも地獄的な人生を生きている故に死を救済として待ち望む凄絶な心象風景を発狂の予感の中に描いた。

「奉教人の死」鑑賞

見られい。「しめおん」。見られい。傘張の翁。御主「ぜす・きりしと」の御血潮よりも赤い、火の光を一身に浴びて、声もなく「さんた・るちや」の門に横たはつた、いみじくも美しい少年の胸には、焦げ破れた衣のひまから、清らかな二つの乳房が、玉のやうに露れて居るではないか。今は焼けただれた面輪《おもわ》にも、自らなやさしさは、隠れようすべもあるまじい。おう、「ろおれんぞ」は女ぢや。「ろおれんぞ」は女ぢや。見られい。猛火を後にして、垣のやうに佇んでゐる奉教人衆、邪淫の戒を破つたに由つて「さんた・るちや」を逐はれた「ろおれんぞ」は、傘張の娘と同じ、眼なざしのあでやかなこの国の女ぢや。(中略) その女の一生は、この外に何一つ、知られなんだげに聞き及んだ。なれどそれが、何事でござらうぞ。なべて人の世の尊さは何ものにも換へ難い、刹那《せつな》の感動に極るものぢや。暗夜《やみよ》の海にも譬《たと》へようず煩悩心の空に一波をあげて、未出ぬ月の光を、水沫《みなわ》の中に捕へてこそ、生きて甲斐ある命とも申さうず。されば「ろおれんぞ」が最期を知るものは、「ろおれんぞ」の一生を知るものではござるまいか。

本文の位置

一六世紀の末頃、長崎のサンタ・ルチア教会にロオレンゾという日本の少年がいた。クリスマスの夜に行倒れとなっていたのを憐れみ、教会で育てたのである。少年は何故か素性を明かさない。顔も声も女のように美しく、熱心な信者で多くの人々に愛されていたが、元服の年頃になった時傘張りの娘が女の子を生み、子供の父はロオレンゾだと訴えたために教会を追放され、迫害と軽蔑を受け、乞食のような生活をしながらもキリストへの信仰は捨てなかった。

一年後、大火で長崎の町が大半焼けてしまった夜、傘張りの家も火に呑まれ、慌てて逃げだしたために赤ん坊を家の中に置き忘れ、娘は狂気のようにわめくが猛火で手のつけようもない。その時敢然として火中にとびこんだのはロオレンゾであり、子供は助かるが、自身は大火傷を負って臨終を迎える。それを見て娘は懺悔する―子供の父はロオレンゾ様ではなく、別に男がいる。無実の罪を着せたのはいくら誘ってもなびかぬ堅固な道心への逆恨みであったと。人々は事の意外に驚くと共に罪を一身に担った少年ロオレンゾの徳行を讃える。

その時またも意外な事実が人々の前に顕現する。それは―。

二重のどんでん返し

それはロオレンゾが女であったことだ。ぬれぎぬを着せられ、迫害を受けながらも神を信じ、無実の罪に落した当の相手の子を救って自らは殉教した少年、その少年の無惨に焼け焦げた衣の間からはまぎれもない女のしるし、〈清らかな二つの乳房が、玉のやうに〉こぼれていたからである。

小説を一気にクライマックスに押しあげ、その頂点で二重に読者をアッと驚かす芥川の技巧は水際立った冴えをみせて見事である。

刹那の感動

しかしロオレンゾは何故男装していたのか、わが身の素姓を何故明かさなかったのか。

志賀直哉は〈女だつたといふ事を何故最初から読者に知らせて置かなかつたか、（中略）仕舞ひで背負投げを食はすやり方〉（「沓掛にて」）として批判した。だが、それらの疑問や批判は無効である。上掲の本文後半に〈その女の一生は、この外に何一つ、知られなんだげに聞き及んだ。なれどそれが、何事でござらうぞ〉とキッパリ断言し、その故に男装の理由を伏せ、出生と成長の過程を隠したからである。

〈人の世の尊さは、何ものにも換へ難い、刹那の感動に極る〉という主張こそ一篇の中心思想にほかならない。人が生きてこの世にあることの意味は、無為で怠惰な時間の集積ではなくて、生を極限にまで燃焼させた充実した瞬間を所有したかどうかにあるとする固有の信念の表明である。

ロオレンゾの半生は闇にとざされている。しかし彼女が生涯の最後に所有した〈刹那の感動〉こそ〈生きて甲斐ある命〉のあかしであり、それ故に〈「ろおれんぞ」が最期を知るものは、「ろおれんぞ」の一生を知るもの〉と言えるのである。

「奉教人の死」の波紋

「奉教人の死」（『三田文学』大七）はいわゆるキリシタン物の傑作で、この作品は意外な方面に思いがけぬ大きな反響をまき起こした。事件のきっかけは芥川が文末に、この作品は〈予が所蔵に関る、長崎耶蘇会出版の一書、題して『れげんだ・おうれあ』と云ふ（中略）上巻八章、下巻十章から成るキリシタン版の書物の下巻第二章に依るもの〉と典拠を記したことから起こった。周知のように苛酷な、長い年月にわたるキリシタン弾圧によって国内ではキリシタン関係の文献はほとんどが消滅してしまい、それだけに学者や愛書家やコレクターの間ではそれが現われると一大センセーションが起こるほどであった。そこへ「奉教人の死」が現われたので狂喜した内田魯庵《うちだろあん》（評論家・小説家）が早速拝見と申込んだところ、芥川の返事に、あれは〈全くデタラメの小説にて候〉とあって呆然自失、逆に芥川の天馬空を行くがごとき奇才に感嘆したというエピソードは有名である。また、著名なコレクターの和田雲邨が数千円の用意をして使者を立てる一幕もあった。しかし今日の研究では作者の言うように〈デタラメ〉ではなく、典拠が明らかにされている。もちろん龍之介はイタズラをしたのではなく、偽書の設定は物語の真実を保証するための必然だったのである。

「点鬼簿」鑑賞

僕の母は狂人だつた。僕は一度も僕の母に母らしい親しみを感じたことはない。僕の母は髪を櫛巻きにし、いつも芝の実家にたつた一人坐りながら、長煙管《ながきせる》ですぱすぱ煙草を吸つてゐる。顔も小さければ体も小さい。その又顔はどう云ふ訣か、少しも生気のない灰色をしてゐる。僕はいつか西廂記《せいそうき》を読み、土口気泥臭味《どこうきでいしうみ》の語に出合つた時に忽ち僕の母の顔を、—痩せ細つた横顔を思ひ出した。

かう云ふ僕は僕の母に全然面倒を見て貰つたことはない。何でも一度僕の養母とわざわざ二階へ挨拶に行つたら、いきなり顔を長煙管で打たれたことを覚えてゐる。しかし大体僕の母は如何にももの静かな狂人だつた。僕や僕の姉などに画を描いてくれと迫られると、四つ折の半紙に画を描いてくれる。画は墨を使ふばかりではない。僕の姉の水絵の具を行楽の子女の衣服だの草木の花だのになすつてくれる。唯それ等の画中の人物はいづれも狐の顔をしてゐた。僕の母の死んだのは僕の十一の秋である。それは病の為よりも衰弱の為に死んだのであらう。

本文の位置

「点鬼簿」とは死者の俗名、法名、死亡年月日などを記したもので、過去帳とも言う。この作品はすでに死を決意した芥川が鬼籍に入っていた実父母と長姉の初子の生前を回想して綴った私小説で、四章から成り、引用はその冒頭の部分である。

虚構の美学の崩壊

すでに述べてきたように芥川は作家生活の前半においては実生活の告白を拒否し、独自の虚構の美学を編んで自然主義一派と鋭く対峙した。とりわけ自らの出生と生い立ちの秘密をあかすことは禁忌となっていた。しかし虚構の美学が崩壊して現実への回帰を強め、年ごとに告白へと傾斜してゆく中でそれは弱められ、薄められて、「点鬼簿」に至って〈僕の母は狂人だつた〉と書き出された時、遂に長い間のタブーは破られ、同時に名実共に虚構の美学は終焉を迎えたのである。

狂人の母

狂人の母の面影を点綴する芥川の眼は乾いている。姿を写し、顔色を写し、せがまれて子供たちに画を描いてくれる母を写してはいるが、感情の流れ出すことは決してない。厳しい抑制の中に、しかし画中の人物がいずれも〈狐の顔〉をしている事実を隠さない。続いて臨終の母を写し、葬儀の日を写す筆も同様である。

ところで芥川の母の発狂の原因については諸説あるが、現在までのところ最も有力なのは次のような説である。

父の敏三は山口県から上京して牛乳屋として成功したが、そういう事業家にありがちのワンマン性と放蕩癖も持っていたらしい。母のフクは下町育ちの神経質で気が小さく静かな人で、夫に言いたいことも言えない気の弱いタイプだったようだ。そういうフクにとって衝撃となったのは最愛の長女初子を自らの不注意から死なせてしまったという自責と、翌年龍之介が生まれると同時に夫の女にも子供が生まれるという事態が重なったのが誘因となったようである。

実父新原敏三

さて、作中での芥川は〈父にも冷淡〉である。たとえば、父は幼い龍之介にバナナやアイスクリームやパイナップルなどの〈珍らしいものを勧め、養家から僕を取り戻さうとした。僕は一夜大森の魚《うを》栄《えい》でアイスクリームを勧められながら、露骨に実家へ逃げて来いと口説かれたことを覚えてゐる。僕の父はかう云ふ時には頗る巧言令色を弄した。が、生憎その勧誘は一度も効を奏さなかつた。それは僕が養家の父母を、―殊に伯母を愛してゐたからだつた〉と記す。ここにもうかがえるが、ついでに言えば新原家と芥川家との間には龍之介をめぐって返せ、返さぬとの争闘が永く続き、養父の道章は龍之介を連れて行くなら腹を切るとまで言ったと伝えられ、裁判の結果正式に龍之介が芥川家の養子となったのは、明治三七年一三歳の時のことである。

両親を叙述する〈冷淡さ〉に比して、長姉の初子を描く筆はやさしいなつかしさに潤っている。

3　新原敏三とは何か?

波瀾の生涯

男がいた。野心に燃えていた。周防国生見村―新原敏三と呼ばれた男の生まれた村は、現在の山口県玖珂郡美和町大字生見で、山陽新幹線新岩国駅から車で三〇分の所にあり、今では失われてしまった日本の田舎の良さが残されている所だが、道路開通以前の不便さは想像を絶するものがあったと思われる―に庄屋の分家の長男として生まれたが、生家は没落の一途を辿り、一二歳の時に父が死に一家は窮迫した。折から明治維新へと時代は動き始め、長州はその最先端にいた。一旗あげることを夢見て男は出奔し、やがて農兵を組織した軍隊(御楯隊)に入る。

名前を大林源次と改め、一〇代半ばながら目端がきき、剛胆で膂力にひいで、数々の勲功をたて、慶応二年(一八六六)七月の幕軍との戦いには砲兵隊員として出撃、左足かかとに貫通銃創の重傷を負った。山口で療養生活に入り、その間戦功顕著との評価により、生涯にわたっての扶持米給付の決定、表彰、見舞等があった。

負傷が癒えるにつれ、二〇歳になった頃、すすめられるまま同い年のツネと結婚し、萩市に住んだ。

ツネは椿正治の長女で、今度は名前を大林源次から椿熊槌と改めた。猶、名前についてはその後、更に新原熊槌→新原敏三と改め、旧に復している。

新婚一年程で萩の生活にピリオドを打ち、新たな夢を求めて大阪造幣局に入ったが、数年後には大阪を去り、東京へ向った。

明治八年（一八七五）二五歳頃から東京で牧畜関係の役所に勤め、その縁で渋沢栄一と知り、彼の営む牧畜業「耕牧舎」に入った。この時三〇歳を過ぎていた。

水を得た魚のように敏三は手腕を発揮して販路を拡大し、売上げをのばし、たちまち社内での位置をゆるぎないものにして行った。明治十六年（一八八三）に芥川フクと結婚し、龍之介を含む一男二女をもうけるが、フクは長男出産後間もなく発狂し、妹のフユが手伝いに来るうち、フユとの間に得二が生まれ、フクの没後に入籍する。代わって、芥川家でそだてられていた龍之介はそのまま子のない同家の養子となった。

明治三十八年（一九〇五）敏三は耕牧舎を渋沢栄一から譲渡され、龍之介の言によれば文字通り「小さな実業家」になったわけであるが、しかし実際は時世の変化を読みきれない敏三がババをつかまされたと言ってよいもので、以後衰退の一途を辿り、その死とともに終わった。

妻の発狂は夫の放蕩のせい？

敏三の生涯は波瀾万丈で、小説よりも奇なりと言ってよい。その生涯を貫くものは明治の人間に共通して見られる一旗あげようとする野心、出世への執心であったといってよいであろう。

一〇代前半からの出奔・入隊・養子・相次ぐ転職はそのことを語って余りある筈で、このめまぐるしい転職ぶりこそ彼の内部における野心の大きさの反映にほかならない。一身にして二世を生きるという言葉があるが、三〇前後までの敏三のそれはまさしく一身にして三世、四世を生きるものと言ってよいのではないか。

このように強烈な野心、出世への執心をもった人間は当然度をこしたエゴイストであるから周囲に摩擦を起し、彼に最も近い人物—妻には計り知れないプレッシャーを与え続けることになる。東京下町の、温和な、教養ある、趣味人の家庭に育った、内気なフクが、海千山千の夫によってたえず翻弄され、圧迫されて、日々心の安穏を得る時がなく次第に追いこまれて行ったことは想像に難くない。加えて敏三には女性に関してルーズな面があったことは否定できない。萩市のツネと所帯を持ったことは確かであるが、あっさり捨ててしまって顧みない。それ以上にフクの発狂の因に直接かかわると見られるのは敏二という名の子供の存在である。

龍之介の生まれたのと同時期に敏三が親しくしていた女性にも子供が生まれ、これを認知するとともに、敏二と命名して入籍していた事実のあることが、旧戸籍から研究家によって報告されている（のち夭折した）。

フクの発狂の原因についてはさまざまなものがあげられていて—主なものでは長女のハツを夭折させたのは自らの不注意からと甚だしく気にやんでいたこと、翌年出産した龍之介は厄年のために、形式的とはいえ捨て子にしたこと、加えてやり手といわれた夫の烈しい気性に絶えずおびやかされ、圧迫されてそれが限界に達していたことなどがあげられている。恐らく発狂の因は一つではなくそれらがいくつも重なり合って起こったものとみるべきであろうが、それらの中で小心なフクが発狂する最も強力な引き金になったのは、龍之介の出生時に夫の愛人にも子供が産まれたという事実だったに違いないと私には思われる。

そしてそういう彼の激しさ、放蕩ぶりはそっくり龍之介にもうけつがれているのではないかというのが私の考えである。

〈附記〉敏三の伝記的事項については最新の情報を集成した美和町教育委員会編「芥川龍之介の実父　新原敏三の生涯」(『フォーラム　本是山中人』平一一・一〇・三〇　美和町教育委員会)によることを附記して感謝の意を表したい。

III　中島敦をめぐって

1　一閃の光芒——中島敦の生の軌跡

家系

中島敦は一九〇九年（明治四二）五月五日、東京市四谷区簞笥町（現、東京都新宿区三栄町）五九番地に父田人《たびと》（一八七四～一九四五）、母チヨ（一八八五～一九二一）の長男として生まれた。中島家は代々日本橋新乗物町に住み、大名駕籠の製造販売を業としてきたようであるが、第一二代慶太郎（一八二九～一九一一、敦の祖父）に至るや彼は商家を嫌って家業を譲り、下町儒者の巨擘《きよはく》と称された亀田鵬斎の子、綾瀬《りょうらい》の門に学び、のち儒学者として家塾幸魂教舎を永住の地久喜（埼玉県久喜市）に設けたのは一八六九年（明治二）四一歳の時で撫山《ぶざん》と号した。門弟は延べ千数百人に及んだという。

撫山の子供たち

撫山は子沢山で一二人の子供（二腹に分かれ、先妻に二人、後妻に一〇人）があり、長男靖は栃木師範教師（漢文）、次男端蔵（「斗南先生」のモデル）は撫山の塾を手伝うが、のち主に外交問題を論じる著述家となり、三男竦之助《しょうのすけ》は善隣書院の中国語教師、四男若之助は牧師、五男開蔵は東大造船科を出て海軍造船中将、六男が敦の父田人で検定試験にパスして旧制中学校の漢文教師、七男比多吉《ひたき》は東京外語の支那語科を出て満州建国に尽力し、娘では四女志津が検定にパスして旧制女学校の国語教師を勤めるなど、父撫山の漢学者としての影響が子供たちの職業選択に色濃く反映していることは否定できないであろうが、いっぽう牧師や造船技師、満州国の要人などいかにも新時代の仕事にとびこんで行った人々もあるわけで、しかもいずれも知識人、あるいは知的な職業に従事している点から考えると、総じて中島家の新時代への対応は及第であったと言うべきかもしれない。

母との生別

母のチヨは東京女子師範出身の小学校教員、才気煥発、頭脳明晰で、一般に敦の頭脳は父方の中島家のものとされるが、母の資質を受け継いでいることも否定できないようで、性格の不一致から（チヨに恋人が出来たからとも、いわゆる女丈夫タイプで、奥さんとして家庭におさまりきれないからとも言われる）間もなく別居し（正式の離婚届出は大三・二・一八）、その後再婚するが、結核により三五歳（大一〇）で没している。猶、チヨの旧姓は岡崎氏、旗本の出で維新後父は警察官をしていたという。

〈伝来の儒家〉の意味

煩雑ながら右に敦の家系を明らかにしたのは、一般に誤ったイメージが流布しかねない危惧があるからにほかならない。中島の作品が素材を多く中国の古典にあおいでいることについては「父祖伝来の儒家」―中島家は代々漢学を奉じて敦に至った旧家という家系、あるいはその精神的伝統に帰して言われることが多い。しかし右に辿って明らかなように、中島家は代々江戸に漢学とは無縁の商家として続いてきたのが実態であり、しかも漢学は幕末の祖父撫山に始まるもので、時代は歴史の大転換期ということもあって学校制度が整備され、幸魂教舎も撫山の死とともに一代で終わった。

また、敦と漢学とのかかわりについても、「幼時から漢学者である父の薫陶を受けた」（中村光夫）というような事実はなかったようである。

誤解のおそれはないであろうが、私は中島家が名家・旧家ではないとしてことさらに低く評価すべきだというのではない。「旧家」とか「伝来の儒家」という言葉が実態をヌキにし、事実関係を曖昧にして使われると、それが雪達磨式に自己増殖を遂げ、実態とは別の、誤ったイメージが一人歩きする弊害は避けられるべきであることを言いたいのにほかならない。

言いかえると、結論だけあらかじめ言っておけば、中島と中国古典との関わりは彼を囲繞する（あるいは囲繞すると一般に信じられている）家系や精神的伝統にあるというよりも、むしろ本質的には中島の描く世界ないしは想念が必然的にそれを要請したものと考えるべきであろうと思う。

久喜・第二の母・めまぐるしい転校

両親の離婚という思わぬトラブルで敦は母と生別し、二歳を少し過ぎた明治四四年八月二六日から父の郷里埼玉県久喜の祖母の許にひきとられ（祖父撫山はこの年六月に没）、伯母や従姉妹らの手で育てられた。

父は一九一〇年（明治四三）四月から奈良県立郡山中学校に赴任（明治三〇年に中等学校漢文科教員検

定試験に合格したあと、明倫館・錦城中・銚子中に合計一二年在職）し、そこで実科女学校の裁縫教師をしていた紺家カツと再婚（大三）したのにともない、一五年（大四）郡山町に移り、翌年四月郡山男子尋常高等小学校に入学した。

以後、父の転任にともなってめまぐるしく移動することになる。一九一八年（大七）五月、父の静岡県立浜松中学校への転任によって、六月、浜松西尋常小学校三年に転入した。次いで田人は朝鮮に渡り、京城市内の龍山中学校に転じたのにともない、中島は二〇年（大九）九月、京城龍山公立尋常小学校五年二学期に転入。外地に移るという環境の激変にもかかわらず、成績は抜群で、二二年（大一一）四月、最難関の京城公立中学校にトップで入学し、在学中は開校以来の秀才と言われ、その評判通り四年終了で（当時中学は五年制だが、四年でも受験資格があった）二六年（大一五）四月、第一高等学校文科甲類に三番で入学した。その後田人は二五年（大一四）一〇月、関東庁立大連第二中学校の教師となったため、一家は大連に移るが、中島は折から一高進学を控えていたため、京城にとどまり、当時京城淑明女学校の国語教師をしていた伯母の志津と一緒に暮らした。

父の転勤の事情

父の転勤がまことにめまぐるしく、国内から外地に至り、朝鮮から中国の大連にまで及んでいるのには、今日ではわかりにくくなっているが、次のような事情があった。

中島の「かめれおん日記」の中に、勤務先の私立女学校の同僚の給与を調べあげてそれを基に自分の給与の増額を校長に談じ込んで首尾よく成功する強心臓の教員が登場するが、実際に私立ではなく公立の場合でも、戦前の旧制中学校の教員の給与はこれと同じく校長の裁量によって決定されていた。従って一般に現在の給与よりも高額で迎えてくれる学校があれば日本国内はもとより朝鮮、満州、台湾（外地の場合は内地よりも更に大幅な加俸があり、田人の場合で言うと翌年には年俸が一七二〇円と倍になっている）とどこへでもスカウトに応じて移動するのが普通であった。ことに学歴のない検定上がりの教員の場合は出世の望みは少ないので、内地よりは高給の外地に赴任する者が多く、田人の場合はその典型と見てよいように思われる。

第二、三母の死と複雑な人間関係

この間、一九二三年（大一二）三月、中島一四歳の時に第二の母カツは異母妹澄子を生むと間もなく没し、翌年第三母飯尾コウ（大連幼稚園の教師をしていた）を迎え、一九二六年（大一五）一月に敬・敏・睦子の三つ子の弟妹が生まれるが、一年経たずに二人の弟は没し、残る妹も四歳で没した。ついでに言っておけば、父は女房運が悪く、ということは中島は母親運が悪く、第三母とも二七歳（昭一二）の時に死別し、翌年長女を死なせるなど、第二母と死別した一四歳から一四年の間に、六人の肉親の死に出会う（生母も大正一〇年には没）というのはやや異常というべきであって、宿痾となった喘息は一九歳頃に始まり、年とともに悪化の一途を辿って不断に生をおびやかし、短命の自覚を強いることになり、中島の身辺をつつむ死の影は濃い。

加えて一層悲劇的だったのは、第二、第三の義母との折り合いがいずれも悪かったことだ。家庭での反抗と暗い孤独については旧友の証言や習作「プールの傍で」に詳しいが、ここでは一つだけエピソードを紹介しておくと、大連の母から東京の中島に小包が来ても、家庭に釈然としない所のある彼には偽善的な返事が書けず、出さないでいるといつも父に叱られ、ある時やむなく葉書一面にただ「着」とだけ書いて出し、あらためて父の怒りを買ったという話（氷上英広）は中島と家庭との関係がどのようなものであったかを雄弁に語っていよう。三人の母・相次ぐ肉親の死・短命の自覚・複雑な人間関係―こういう異常な体験は中島の世界観・人間認識に影響をもたらさないとは到底考えられず、中島の作品に顕著な特徴である運命との対決、夭折の作家とは信じられない人間認識の異例の深さ等の特質はこうした体験に根ざしたものと考えてよいであろう。

「伊豆の踊子」の誘引

二七年（昭二）春、おそらく川端康成「伊豆の踊子」（大一五・一〜二『文芸時代』）の誘引で伊豆の下田まで旅行する。中島には南方憧憬ともいうべき気質があったようで、伊豆には何度も赴き、のちには小笠原、蘇州、杭州、パラオにまで足をのばすことになるが、これはそのはしりである。八月、大連に帰省中、湿性肋膜炎にかかり、満鉄病院に入院。その後、別府の満鉄療養所、千葉県南部の保田などで加療・保養につとめて回復するが、この年は休学する。

中島の文学志望がいつごろからであるかは未詳だが、京城中学時代に書かれた「創作ノート」が残されており、同中の『校友会雑誌』にも発表していた事を友人達が証言しているので（現物は発見されていない）その頃からと考えてよいであろうと思われるが、病気は幸いにして軽症ですんだため、この休学期間は習作再開に絶好の機会を与えることになる。

一高時代の習作六篇

二七年（昭二）一一月、「下田の女」を一高の『校友会雑誌』に発表。現存する活字になった最初の作品で、〈肉と霊、あるいは聖と獣〉という青年にとっての女の謎に挑み、耽美的な発想の中に才気を見せ、時代の主潮の一つであったモダニズムの影が濃い。

二八年（昭三）四月から二年に復学し、一一月、「ある生活」「喧嘩」を『校友会雑誌』に発表、前者は満州を舞台に〈青年と死、あるいは生のさなかの死〉をロシアの亡命貴族の美少女と日本人青年とのエキゾチックな交渉の中に描き、後者はその題材を恐らく療養期の房総保田で得たと思われるが、お家大事から起こる嫁と姑の喧嘩というシリアスな素材を、ユーモラスに処理する人間認識が注目される。この頃から宿痾となった喘息の発作が始まったといわれる。

二九年（昭四）二月、文芸部委員を委嘱され、一年間『校友会雑誌』の編集にあたり、五冊刊行した。委員では、他に終生の友となった氷上英広などがいた。六月、「蕨・竹・老人」「巡査の居る風景―一九二三年の一つのスケッチ―」を『校友会雑誌』に発表。前者は醜悪な現実の発見による〈幻滅〉の主題を、後者は植民地朝鮮の屈辱と悲惨を描いて全盛期のプロレタリア文学の圏内にあると見られるが、中島における人間認識の深まりと現実認識の広がりが注目される。それを一層推し進めると同時に、描写力の確かさと構成力の進歩を見せたのが一九三〇年（昭五）一月に同誌に発表した「D市七月叙景㈠」である。この作品の㈡以後は書かれなかったが、D市とは大連のことで「巡査の居る風景」とともに植民地における不合理な現実が様々な角度から鋭く暴かれており、殊に注目されるのは、二作ともに日本に支配されている植民地側の人間から描いていることで、これは戦前において異例のことである。のちに中島における中核的な想念の一つとして〈存在の不条理性〉が指摘されるが、それは決してブッキッシュで観念的なものではなくて、植民地という存在そのものが不条理である以上、それを洞察できる者にとっては、現象的日常的なものでもある筈であって、その点で埴谷雄高や安部公房など、植民地に人となった作家と通底する部分をもっている。一高時代に活字になったものが六篇というのはそれほど多いわけではないが、決して少ない数ではない。概括するとこれらの作品は習作にありがちな体験的発想によるものではなく、純然たるフィクションであり、テーマを知的・観念的に領略し、エピソディックな断片を組み合わせて一篇を構成する構成主義的作風が顕著で、作品には耽美的なエクゾティシズム、ロマンティシズムの色が濃く、新感覚派的表現の面白さ、描写力の確かさによって決して凡作ではない。六篇はいずれも趣向を凝らしていて一つとして同じものはなく、これらに中島の原質を探る試みも不可能ではないが（もしそういう見方をすれば、これらの習作は平野謙のいわゆる三派鼎立の観を呈しているといってよいであろう）、それよりも可能性の束としての才華の方に注目すべきであろう。秋、氷上英広・釘本久春・吉田精一らと同人雑誌『しむぽしおん』（翌年夏までに四号を出して廃刊）を出すが、中島は発表しなかった。

東大時代

三〇年（昭五）三月、一高を卒業。四月、東京帝国大学文学部国文学科に入学する。六月、中島の才能を愛した伯父、中島端蔵（通称・筆名は端）没。斗南と号し、その生涯は中島の「斗南先生」に詳しいが、そこで確認される性向は分析者自身のものでもあるわけで、その意味でこれは自己発見の書ともいえる。端の著書に『近世外交史』(明二四　幸玉堂)『支那分割の運命』(大一　政教社)『斗南存稾』(昭七　文求堂書店)がある。夏、永井荷風・谷崎潤一郎の全作品をほぼ読了し、翌年には森鷗外・上田敏・正岡子規の各全集などを読み、当時としては数少ない近代文学で卒業論文を書く準備を進めるほか、歌稿「遍歴」に詠まれるような乱読をしたようである。一〇月頃から釘本久春の紹介で約一年、イギリス大使館駐在武官A・R・サッチャー海軍主計少佐に日本語を教える。この年、同潤会アパートを出て、本郷区西片町一〇の第一三陽館に下宿し、ダンスや麻雀に熱中。

橋本タカへの求婚

三一年(昭六)、三月、麻雀に熱中し、麻雀クラブの従業員橋本タカと知り、求婚するが複雑な事情のために延引する。タカは愛知県碧海郡依佐美村(現在の安城市)の農業、橋本辰次郎の三女として一九〇九年(明四二)一一月一一日に生まれたが、叔母に育てられたところから、ゆくゆくはその息子和田義次の嫁にと考えられていたようだが、タカにはその気はなかったようだ。タカは小学校卒業後上京して義次の仕事(船具、後に海草問屋)を手伝うが、破産したため、新聞の求人広告に応じて麻雀クラブで働くうち、中島と知り合ったものでこの結婚には様々の障害があった。中島は学生であり、求婚の時点で中島がクラブの他の女性と深い仲にあるのをタカは知っており、いっぽうタカの叔母は義次をどうしてくれると久喜に乗り込んで三百円を出させ、義次は中島に負傷させたとも言われ、中島家ではその才能の開花に期待するだけにこの話を認めなかった。しかし中島は時間をかけて辛抱強く父を説得し、大学卒業後に結婚を認めるということになる。四月から、麴町区内幸町二虎ノ門アパート六三に九月まで住む（これは書簡によるのでもっと以前から住んでいる可能性もある）。十月、田人らが大連から引き揚げ、敦が探した東京市外駒沢町上馬五四に一家で住む。

卒論は「耽美派の研究」

三二年（昭七）八月、名古屋で家政婦をしながら将来に備えていたタカを訪ねて泊まり、その足で旅順にいた叔父の比多吉（当時関東庁外事課長）を訪ねて就職の相談と依頼をするかたわら南満州と中国北部を旅行する。秋、上高地に遊ぶ。朝日新聞社の入社試験を受け、学科は通るが、身体検査で不合格となる。この年、乗馬に凝る。十二月、卒業論文「耽美派の研究」四二〇枚を提出（〆切は二八日）。卒論は四章から成り、一、二章の概説について永井荷風（三章）、谷崎潤一郎（四章）を論じ、今後の荷風に期待はできないのに反し、谷崎は（この時点では「蘆刈」までしか書かれていない）「小成」の日本人には稀な「稟質」であって、将来にこそ期待できると洞察しているのは流石である。

享楽主義者《ディレッタント》中島

三三年（昭八）一月、祖父撫山『演孔堂詩文』上下（昭六）、伯父中島斗南『斗南存稾』（昭七）を東大図書館に中島名で寄贈。三月、東大国文科を卒業。一高時代に比して大学時代に活字として発表された作品は一篇もない。その頃中島は「文学をやめていた」と知人の中村光夫はいうが、三七年（昭一二）頃までの中島の二〇代に当たる青春期の文学的空白は謎である。私見ではそれを解く鍵の一つは「耽美派の研究」にあり、それは中島の耽美派的資質をまぎれもなく明かすものであり、この時期の年譜が示す多方面の事象への飽くことなき貪婪な関心と熱中ぶり（文学・思想はもとより美術・音楽・旅行・登山・ダンス・麻雀・将棋・乗馬・園芸等々）はその具体的な実践として正確に見合っている筈である。「此の色と音と香と影との変化ある世界に生れ合せて（中略）人は全力を振つて自己を発展し放射しなければならぬ。人生百般の方面に手を出して其の何れにも片よらずに、出来るだけ複雑な豊富な経験をして見るのが理想だ」と言ったのは「うずまき」の主人公牧春雄であるが、耽美主義とは美的享受ないし美的形成を其の世界観・人生観となすもののことであり、享楽主義《ディレッタンティズム》とは生活上の耽美主義であるとするならば、中島は明らかに牧春雄にならう享楽主義者《ディレッタント》であった。この頃、E・ミュアの英訳本でカフカを読み、奇妙な執着を覚えることを述懐しているが、日本におけるカフカ受容としては異例の早さである。

横浜高女教諭となり、長男桓出生

四月、東大大学院に入学、テーマは森鷗外。同月、横浜市中区の私立横浜高等女学校教諭（現在の横浜学園）となり、国語・英語等を教え、月給は六〇円、単身で横浜市中区長者町モンアパートに住む。校主は祖父撫山の教え子で、校風の刷新を図って七人を採用、その中には東京外語を出た英語の岩田一男や音楽の渡辺はま子もいた。同月二八日、長男桓《たけし》、妻の郷里愛知県で出生。が中島家の対応は遅れ、お七夜を明日に控えても命名書が届かず、結局入籍はタカが一二月一一日、桓の出生は一二月一八日となる。八月中旬、同僚とテントをかついで法師・四万温泉に遊ぶ。月々の仕送りだけで妻子に会いには行かず、たまりかねて一一月、タカが桓と上京、夫ではなく、弟の世話で東京市杉並区堀の内に間借りし、中島とは別居。その後、妻子は緑ヶ丘、自由ヶ丘と転々とし、一年八カ月後に漸く同居することになる。その間、中島は、同居は勉強の邪魔、横浜ではまずいと言い、たまにしか訪ねて来ないので、タカは「主人の冷たさ」を感じたと言うが、そこには作家を志すものの冷酷なエゴイズムが働いていよう。「北方行」に着手し、「プールの傍で」この頃脱稿か。

「虎狩」選外佳作、尾瀬に旅行

三四年（昭九）三月、大学院を中退。四月初め、東伊豆の峰温泉まで小旅行をする。五月、同僚と乙女峠に登る。七月、『中央公論』の懸賞小説に応募していた「虎狩」が選外佳作となる。当選作は丹羽文雄「贅肉」、島木健作「盲目」など。佳作八番目に名前が出ている。八月、同僚と尾瀬・奥日光を訪ね「神さびせす」風光に感動する。猶、喘息の発作の起きない夏が活動の時期で野球や水泳、ヨットも楽しんだ。九月、喘息の発作で生命が危ぶまれる。

夏、御殿場で小説執筆

三五年（昭一〇）四月、旧友釘本久春を介して三好四郎（京城中の二年後輩）を知る。六月、横浜市中区本郷町三―二四七に一戸を借り、はじめて妻子を迎える。間取りは八畳、六畳、四畳半で家賃は一八円、小さいながら庭もあり、のち草花作りに熱中する。七月下旬、同僚と生徒を引率して白馬岳に登り、大池にも行く。八月一杯、御殿場の勝又方に部屋を借り、小説を執筆したと思われるが未詳。

その間富士山に登る。十月、日光の修学旅行に行く。この頃ギリシャ語・ラテン語の独習をはじめ、同僚と「パンセ」の講読会をもつ。また、ガーネット「狐になった奥様」「動物園に入った男」、上海本で「列子」「荘子」を愛読。

この頃、音楽会によく出かけ、小笠原に旅行

三六年（昭一一）一月、「ジャン・クリストフ」を読み始める（三月二八日読了）。二月六日、シャリアーピンの独唱会を聞き、「かにかくに楽しかる世と思はずやシャリアーピンの『ドン・ファン』を聞けば」などの歌をつくる。二月二七日、二・二六事件に「非常なショック」（日記、以下同じ）を受け、「泣ケテ仕方ガナ」く、殺害された要人の葬儀に赴く。三月二三日、小笠原諸島への旅に出、二八日に帰宅。四月一四日、ケンプ（ピアニスト）を聴き「フォルティスィモケンプ朱を灑ぎ髪乱れ腕打ちふりて半ば立たむとす」などの歌を詠む。同月二五日、第三母コウ没。義母とは折り合いが悪い上に、大変な浪費家で、のちのちまで負債の返済に悩まされたようだ。五月一九日、ケンプの、二九日はティボー（ヴァイオリン）の公演を聴き、これらの印象がのちにユニークな音楽会歌集『Mes Virtuoses (My Virtuosi)』となった。

深田久弥に師事

六月、三好四郎（中学の後輩）の紹介で彼の隣家に住む深田久弥を訪ね、以後、小説を見てもらうようになる。深田は一高・東大の先輩であり、この時までに原始への回帰を憧憬する「オロッコの娘」や野生的で瑞々しい魅力を放つヒロインを描いた『津軽の野づら』など四冊の小説集と山の文学の名著『わが山山』（昭九）を出しており、深田の原始・野性・単純への憧憬は過剰な自意識に苦しんだ末のそれであり、いっぽう山好きでもあった中島を考慮に入れると共鳴しあう資質をもった両者の交流は刺激的で心楽しきもの（小説の批評を除けば）であったに違いない。

中国の杭州、蘇州を旅行

八月八日、中国旅行に出発するため西下し、途中西宮市の氷上英広（当時甲南高校の教師をしていた）宅に三泊し、水泳で大阪大会に出場の教え子を応援し、一四日長崎から上海丸で出航、一五日上海着。一七日、かねて上海で落ち合う予定の三好四郎（台湾から廻ってきた）を上海埠頭に迎え、二人で杭州、蘇州を旅し、二九日に帰国の船に乗り、神戸経由で九月一日帰宅した。この旅で歌集『朱塔』が生まれる。一〇月二〇〜二七日まで、修学旅行の生徒を引率して伊勢・奈良・高野山・吉野・京都を旅行する。

「狼疾記」他を脱稿

原稿末尾の日付によれば一一月一〇日「狼疾記」を、同じく一二月二六日「かめれおん日記」を脱稿し、女学校での挫折した青春の日常を苦く自嘲的に描いた。殊に「存在への疑惑」や「漠然とした不安」などに執して〈小説の書けない小説家〉である自分を「狼疾の人」（指一本を惜しんで身体を失くしてしまうのに気がつかない者）と断じて、脱出の方途に苦慮し、悪戦苦闘が続く。この年、英語でアナトール・フランス全集、ハーン、オルダス・ハックスレイ、スピノザ、ヴォルテール、カフカ、ゲーテ、アミエル、ルクレティウス、モンテーニュ、王維、高青邱、ラム、ジッドなどを読む。

この頃、七歌集を編み、〈歌のわかれ〉がある

三七年（昭一二）一月一二日、長女正子生まれるが、一三日没。二七日、エルマン（ヴァイオリン）を聴きに行く。夏、元気で海水浴や野球を楽しむ。一〇月三日、隣家へ引っ越す。同じ間取りだが、庭が広いので草花つくりに熱中する。一一月三日、「何となく和歌がツクリタク」なり、二〇首たちどころに出来たのが始めで、一二月末頃までに集中的に歌作して、「和歌五百首」成る。これに、それ以前から作っていたものと合わせて総計七一九首を七つの歌集―「和歌でない歌」「河馬」「Miscellany」「霧・ワルツ・ぎんがみ」「Mes Virtuoses」「朱塔」「小笠原紀行」に編む。これは一つの象徴的な風景であったように思われる。享楽主義はそれが内包する必然的性格故に早晩破綻せざるをえない。生活との絶縁孤立がもたらす感激の源泉の涸渇と感性の衰弱を人は免れることができないからである。歌稿はこの宿命的な破局に直面した者がおのれの青春、その固有の生のかたちをほぼ全面的に定着しようとする試みであったと思う。中島における〈歌のわかれ〉である。同時にそこには未だ進むべき方途を見出しえない焦燥と不安も揺曳している。実は前年の「狼疾記」「かめれおん日記」においてすでに、この破綻に瀕した心象風景は繰り返し述べられていたのであり、この前年の時点において中島が危機に直面し、転機の方途に苦慮せざるをえなかったことは明かである。転進後その資質がいかに生き続けていったかの一斑は今ここにはない歴史の世界への飛翔であるところに明瞭に看取されるであろう。「北方行」を現在の形にまで書き上げていたと思われる。

この年、「一粒の麦」「クオ・ヴァディス」「ペンテズィレア」「ル・シッド」「ミザントロープ」「南国太平記」「ヴィルヘルム・マイスター」などを読む。

三八年(昭一三)この年、草花つくりに熱中。八月九日、オルダス・ハックスレイ「パスカル」訳了。同月十六日、渋温泉に逗留中の竦(おひげの伯父)の招きに応じ、志賀高原に遊び、二一日帰宅。帰ると氷上がいて、彼は二九日に帰る。この頃から喘息の発作が断続し、悪化の兆候が見えはじめる。

「悟浄歎異」脱稿、作家誕生の時期

三九年(昭一四)一月一五日、「悟浄歎異」を脱稿(原稿紙末尾の記載による)することで主題と方法の模索時代に一区切りがつき、間もなく作家中島が誕生する時期を迎えたと思われる。図式的に言えば「西遊記」という客観世界借用による作品造型という方法が中島に小説作法の上で大きな示唆を与え、そこから彼は自らの性情に居直って〈狼疾〉のジャスティフィケイションに主題を定め、自己に固有の方法を発見していったと見られる。そのことは「人虎伝」に框を借りた「山月記」系のフィクション・口碑・伝説に依拠した作品群と、R・L・スティーヴンスンを主人公とした「光と風と夢」系の歴史上の人物に依拠した作品群が短い期間に陸続と書きつがれていった経緯に明らかであろう。

四月初旬、三島・熱海へ旅行(熱海への恒例の職員旅行の前に、三島へ足をのばした模様。昭和九年、同一二年、同一四年に熱海行きに参加していることは確か)。七月下旬、A・ハックスレイ「スピノザの虫」訳了、この頃から三年生の鈴木美江子に原稿の浄書を依頼し、鈴木の記憶では「虎狩」「斗南先生」「山月

記」であったという。この年は、次第に喘息の発作が激しくなり、療養のかたわら、相撲の星取り表つくりに熱中し、天文学に興味を持ち、交響曲のスコアを読みこなすようにもなったという。同時に後に完成される作品の構想や草稿もこの頃から翌年にかけて準備されたと思われる。

「ツシタラの死」にとりくむ

四〇年（昭一五）の初めは元気で、一月五日に宝生能（弱法師など）、八日は歌舞伎を観に出かけている。三一日に次男が生まれ、竦伯父が「格」と命名。その伯父もこの年六月一一日七九歳で没。竦は撫山の三男で中国に留まること一〇年、その間蒙古語、蒙古史も研究して『蒙古通史』（大五　民友社）を著し、他に『書契淵源』（昭九～一二　五帙一七冊　文求堂書店）などがあり、生涯独身、市井の隠者として古代文字の研究に没頭した。七月からロバート・ルイス・スティーヴンスンの著作と関係の伝記などを読み初め、氷上英広の甲南高校から「ツシタラ・エディション」の内、三冊借りて読む。また、古代エジプト、アッシリアに関する文献やプラトン全集、フレイザー「金枝篇」、柳田国男などを読む。猶、前年末に創刊の雑誌「形成」に釘本久春の斡旋で「かめれおん日記」「狼疾記」、「パスカル」の翻訳掲載などの話が進められたが、実現には至らなかった。

横浜高女退職、パラオの南洋庁へ

四一年（昭一六）三月末、横浜高女を休職する。前年末から喘息の発作が激しく、休職か退職を考えなければならない程の勤務状態のため、身の振り方を真剣に考えざるをえないところに追いこまれ、校主に相談したところ父が代わりに出校することで一年間の休職に決まる。この一年で文壇登場への目鼻をつけるべく四月からは、殆ど土曜日ごとに作品を携えて深田久弥を訪ね、批評を乞うていた。「古譚」の四篇は脱稿して、五月には深田の許に一読を請うて托されたと思われる。六月上旬、文部省に勤めていた釘本久春の世話で、南洋庁への就職が決まる。肩書きは南洋庁内務部地方課勤務の国語編修書記で、仕事は南洋島民のための教科書を編集することであった。この決定は極めて唐突で、五月中旬までは、与えられた一年間の内に夏は満州新京にいる比多吉叔父の所に転地し、冬は別に暖かい所を求めて身体の回復をはかり、かたわら創作の方もこの一年の間にメドをつけるつもりで、「世界がスピノザを知らなかつたとしたら、それは世界の不幸であつて、スピノザの不幸ではない」という自信を持って、「悟浄出世」を書きついでいたからである。それが急に南洋に行く気になったのは、一つには夏の間は発作が起こらないところから、南洋であれば一年中夏であるから好都合という判断と、もう一つ内地に数倍する給与(少なく見積もっても倍にはなり、手当や出張旅費などを併せると三倍位になっていよう)という経済的魅力が大きく働いたと考えられる。就職が決定すると深田を訪ねるが留守で「病気のため、及び、生活のため」と南洋行きの事情を置き手紙に記すのはそれを裏書きするもので、「ツシタラの死」も托して帰る。六月二八日、雨の中単身横浜からサイパン丸で出航し、七月六日パラオに到着する。

病気の連続と、予想外の喘息の発作に悲鳴

仕事は楽だが、暑さと食物の悪さに閉口し、七月末から九月初めまで、喘息を始め病気の連続で、特にアメーバ赤痢の猛烈な腹痛と下痢に苦しめられ、更に風土病で高熱の出るデング熱にかかるという予想外の事態に悲鳴をあげる。ただし、船で旅をしている間は喘息の発作が起こらないところから、島々の学校視察を企画し、九月一五日から、ポナペ・クサイ・ヤルート・ヤップ・ロタ・サイパン・テニアンなどを廻り、一二月一四日にパラオへ帰島というように（その間一〇日程、一旦帰島はするが）「イヤでイヤで堪らぬ官吏生活の中で唯一の息抜きの出張旅行」に時を過ごす。加えて教育の実情、植民地の実態を知るにつれ、「土人の教科書編纂という仕事の、無意味さがはつきり判つて来た。土人を幸福にしてやるためには、もつともつと大事なことが沢山ある」ことに思い至り、仕事への意欲も衰える。旅から島に戻ると喘息の発作があり、八日の日米開戦もあって、年末には内地勤務を申告する。

では南洋行きは全くの徒労であったのかと言えばそうではない。南洋から妻子にあてたこまやかな書簡は近代作家の書簡中優に五指に入る傑作であり、それらはさまざまのことを―その人間的成熟や洞察力、世界観の発展において驚くべき変容を示し、そこに一人の大家が出現したことはまぎれようもない。丁度古い伝説にいう、手に触れるもの全てが金になった王のように、今や中島の手は珠玉の作品を生み出す黄金のそれに変わっていたのである。

土方久功と知り、南洋理解を深める

精神的には流刑であったパラオの生活での唯一の救いは、日本のゴーギャンとも呼ばれる土方久功と知り合ったことである。東京美術学校出の彫刻家であり、またすぐれた南洋民俗研究家として十数年のキャリアをもつ土方と出会うことによって、中島の南洋理解は短日月に驚くほど早く深くかつ正

確なものとなり、また彼の著作、原稿、話から南洋物の素材を得ることになる。

「古譚」でデビュー、芥川の再来と好評

四二年（昭一七）一月一七日から三一日まで、土方とともにパラオ本島一周の出張に出、二月も小旅行を繰り返す。三月四日土方と東京出張のためパラオを出立し、一七日帰京するが、早速喘息と気管支カタルにやられ、世田谷区世田谷一―一二四（前年九月頃から妻子は上記の父宅へ移っていた）に病を養う。この間、中島の知らぬ間に「古譚」の総題で「山月記」と「文字禍」が『文学界』（昭一七・二）に掲載され、芥川の再来として文壇に登場していた。これは南洋へ行く前に原稿を託されていた深田久弥がのちにその事を思い出しこれを読んで脱帽し、早速編集担当の河上徹太郎に推挙したという経緯による。続いて「ツシタラの死」も同様に『文学界』に掲載は決まるが、長編のため短縮をめぐって深田と河上の間に意見の食い違いがあるところへ折好く中島が帰京したので、短縮と改題を中島に一任し、その結果「光と風と夢―五河荘日記抄―」と改題短縮して『文学界』（昭一七・五）に発表され、これも好評で文名一挙にあがり、この期の芥川賞を石塚友二「松風」とともに最後まで争ったが、受賞作無しとの決定で、後世に残る二名作は選にもれた。

『光と風と夢』（昭一七・七）、『南島譚』（昭一七・一一）を出して急逝

発表後すぐに筑摩書房の古田晁社長が中島を訪ね、同社から単行本を出す話が決まり、第一作品集『光と風と夢』が七月十五日に刊行された（収録作品は「古譚」〔狐憑、木乃伊、山月記、文字禍〕「斗南先生」「虎狩」「光と風と夢」)。いっぽう中央公論社の杉森久英も「光と風と夢」を出版しようと連絡をとるが、一足違いで筑摩の後塵を拝することになり、次作を約することになった。六月、体調漸く回復するとともに「悟浄出世」「弟子」(末尾の記述によれば脱稿は六月二四日)を脱稿し、杉森の所に送ると「弟子」が採用になり、没後『中央公論』(昭一八・二)に掲載された。作家として立つことを決意して南洋庁に辞表を提出、発令が遅れ、書類上は九月七日付で退職となる。この間「牛人」「盈虚」(ともに昭一七・七「政界往来」)「幸福」「夫婦」「鶏」「環礁」などの作品を九月八日、今日の問題社に渡し、第二作品集『南島譚』(昭一七・一一・一五)を刊行(収録作品は「南島譚」(幸福・夫婦・鶏)「環礁」「悟浄出世」「悟浄歎異」「古俗」(牛人・盈虚)「過去帳」(かめれおん日記・狼疾記))。十月末頃までに「李陵」を現在の形に書き上げるが喘息の発作が烈しく、心臓が衰弱したため、十一月中旬、近くの岡田医院に入院する。「名人伝」(昭一七・一二『文庫』)が発表され、十二月四日喘息で没。行年三三歳。没後、前記「弟子」の他「李陵」(昭一八・七『文学界』)が発表された。

死の床で中島は〈書きたい、書きたい、俺の頭の中のものを、みんな吐き出してしまいたい〉と夫人に涙をためて語ったというが、帰国後約八カ月の創作活動は真にめざましく、爆発的な開花であった。それは丁度出発の時間が迫った旅人のように、残された時間と戦ってひたすら書きに書いた、奇蹟の八カ月と呼ぶのが最もふさわしい一閃の光芒であった。

* 本書の中島作品の引用はことわりがない限り、筑摩書房版第三次中島敦全集全三巻別巻一(〇一・一〇〜〇二・五)によった。

2　ブリリアントな才華の片鱗——『校友会雑誌』掲載の六篇

川村説への疑問

一九八六年四月から一年間、長江（揚子江）中流の都市武漢市にある武漢大学日本語科で学部と大学院の学生に主として現代文学の講義と演習を担当する機会があった。

その間の経験について記すことは別の機会を俟ちたいが、その中国体験に触発され、考えることになった問題は幾つかある。その中で最も緊要なテーマとして解明を迫られたものに日本人の「おごり」の問題がある。

現代文学を専攻する私にとって、解明の緒口は空間的にはアジアと日本、とりわけ中国・朝鮮と日本との関係を、戦前からの文学作品を対象としてその実態を明らかにしてみようとすることにあった。

その結果を今年（一九八八年）の四月から教室で話し始めており、とりあえず昭和十年代の作品を検討しているのであるが、そういう筆者にとっては川村湊氏の「『昭和』とアジア」（昭六三・二・一『文芸』春季号）は我が意を得たものと言うべきであったが、しかし総論としての方向には賛成であっても、各論については異論がないわけではない。

例えば氏は中島敦について「巡査の居る風景」「虎狩」「D市七月叙景(1)《ママ》」の「三篇」に言及した上で、

「昭和」の戦争と、その小説創作の時期とを、ほぼ重ね合わせられる小説家・中島敦は、こうした〝植民地アジア〟の心象風景を書くことを、文学者としての出発点としたのである。


と断じるのであるが、中島が「〝植民地アジア〟の心象風景を書くことを、文学者としての出発点」としたというふうに言われるとにわかには肯定できないものがあると率直に言わなければならない。というよりも、あらかじめ言っておけばそうした見解ははっきり言って贔屓の引き倒しであるように私には思われる。

以下に中島の初期作品を検討してその実態を明らかにしておきたいと思う。

一高時代の初期作品

本稿でとりあげる一高時代の初期作品というのはいずれも『校友会雑誌』に発表された次の六篇である。

(1)「下田の女」（昭二・一一　313号）
(2)「ある生活」（昭三・一一　319号）

(3)「喧嘩」(同右)
(4)「蕨・竹・老人」(昭四・六　322号)
(5)「巡査の居る風景―一九二三年の一つのスケッチ―」(同右)
(6)「D市七月叙景(一)」(昭五・一　325号)

(2)と(3)、(4)と(5)の作品はそれぞれ「短篇二つ」の総題を付して同時に掲載されたもの。ついでに言っておけば、(2)と(3)は、本来もう一篇「女」と題する小説を加えて「短篇三つ」のタイトルで投稿されたものであるが、編集委員五人全員が「女」は「除外」すべしとの意見により「短篇二つ」となった。(1)また、(6)は「(一)」とあり、当然以後書き継がるべきであったが、以後どこにも発表されなかった。

現在我々が中島の一高時代の作品として活字になったものとして読むことができるのは右の六篇であり、東大時代には活字になったものがなく、知人の中村光夫は中島はその頃「文学をやめていた」(「旧知」昭一七・六『文学界』)という。

他にこの頃―東大在学中、もしくは卒業して間もない頃に書かれたと推定される作品として「斗南先生」「虎狩」「プウルの傍で」がある。「斗南先生」「虎狩」は第一作品集『光と風と夢』(昭一七・七・一五　筑摩書房)に初めて収められた作品で、郡司勝義氏「解題」(筑摩書房版中島敦全集第一巻　昭五一・三・一五)によれば、「斗南先生」は原稿末尾に所謂ミセケチで「昭和八年九月十六日夜十二時半」と脱稿の日付が一旦記されたのち消されている由であるが、『斗南存稾』(2)(昭七・一〇・一　文求堂書店)を東大図書館へ中島敦が寄贈の手続をとったのは昭和八年一月二八日であるという内部徴証から考えて、脱稿はミセケチの日付の前後と考えてよいであろう。

「虎狩」については曾て詳論したことがあるので詳しくはそちらを参照願うとして[3]、この作品は『中央公論』の「原稿募集」に応募して選外佳作十篇の中に入ったもので、その締切が昭和九年四月三〇日であったところから、これ以前に執筆されたことは確かである。

「プウルの傍で」は生前発表されることのなかった作品であるが、京城中学時代の中島を知る上で貴重な作品で、執筆は恐らく昭和八年から九年ごろと推定される。

更に未定稿の「北方行」などもあるが、紙数の制限故本稿では専ら一高時代の作品に焦点を絞り、右にあげた作品についても出来るだけ言及したいと思う。

女の二面性

「下田の女」は東京で失恋した「私」が神経衰弱になり、都会を逃れて南国の港町下田へ来て、カフェーの女と知り合って〈女の二面性〉に驚くところがポイントになっている。

「女」の話の第一の女性は、東京から下田に来たお坊っちゃんの学生が、デート中恋の告白をするのに対しては、いきなり「一体あなたはお金、どの位お出しになるお積り？」と言って卒倒させ、翌日手紙に次のように書いて男に〈感情教育〉をする。

此の国は暖かいんです。

此の国の女は、冷たいつまらない『心と心の戀』より、暖い『からだとからだの戀』の方が好きなんです。あなたは白い華奢な顔立をしておいでですね。だけど私は、それより太いたくましい腕に抱かれたいのです。はち切れそうな、しっかりした胸に顔を埋めたいのです。それに、あなたは大層センチメンタルだわね。けれども、私もっと男らしい強い人が好きなの。私感傷的な男大嫌ひ。気の利かない男大嫌ひ。そして戀愛は性慾以上のものだなんて言ふ人も大嫌ひなの。

あなた、初め、私の名前を聞いたわね。だけど、何うしてあんな事をするの。別に戀するのに名前も何もいらないぢやないの。あたし、あれでがつかりしちやつたわ。

それからゆうべ、私、あなたに、お金をどの位つて、からかつたら、あなたは泣きさうになつて倒れて了つたのね。あの時、何故笑つて私を抱きしめてくれなかつたの。何故私の唇に接吻して呉れなかつたの。さうすれば私、あの時あなたのものになつて了つたでせうに。私もなさけなくなつて了つたわ。あんまりお馬鹿さんなんですもの……失禮……

ぢやあ、私の可愛いい―いいえ可哀想な―坊ちやん。さようなら。東京へ歸つて新しい戀人でもお探しなさい。ですが、あなたはいつも勇気を持つて居なければいけませんよ。戀愛は常に犬の様な勇気と、豚の様な、ずうずうしさと、それから、も一つ、お金とを必要とするものなのですから。

大分長い引用になったが、我々が読み得る最初の作品ということもあって表現の巧拙の問題にも触れたいので敢て長く引いてみた。

表現の巧拙という点から言えば一高一年生（本来なら二年生に進級する筈であったが肋膜炎でこの年は休

学中）のレベルとしては水準に達していると言ってよいであろうが、しかしピシッと適切に表現が決らず、モタモタしていて蒸し返しや類似の表現が多い難は否定できない。そうした中で「恋愛は常に犬の様な勇気と、豚の様なづうづうしさと、それから、も一つ、お金とを必要とするものなのです」という警句はその一面を見事に洞察していてあっぱれな才気というべきであろう。

ところで表現や文体については後でまた述べることにして、右の引用から明らかになる女性のイメージというのはいかにも南国の、自由で開放的で肉体的で享楽的、官能的なそれと言ってよいであろう。

これに対して第二の話の中に出てくる女性はその対極にあるわけで、財布をならして迫る四十男の商人の肉欲をハネツケて言う。

「私はあなたみたいな、づうづうしいおやぢは大嫌ひ。もつと若くて綺麗なお坊ちやんがいゝんです。何も世間を知らないお坊ちやん—さういふ方と戀がして見たい。あなたは私よりずつと年をとつていらつしやる。けれども私はあなたに一つ教へて上げる事があるの。一生に一度位は真面目な戀をして御覧なさい。さうすれば初めて、ほんたうに人生つて生き甲斐のあるものだつて事が分りませう。あなたの様に肉慾しか知らない人には、ほんたうの幸福なんてものは分りつこないいんですから。」

この第二の女性のイメージは明らかに禁欲的・清教徒的・プラトニックで清純なものと言ってい

い。

その点でこの二人の女性はまさしく対極にあるわけであるが、作品はこの対極的な二人が、実は同一人であり、しかもこの話の語り手であるカフェーの女であるとあかすことによって二重三重に驚かす仕組みになっている。

〈女の謎〉

〈人を驚ろかす趣味〉の萌芽がみられると言ってもよいが、この作品について従来「十九歳の少年の習作としては、温泉宿の女を表裏両面から描いて才気があ(4)」るとか、これを批判して「『表裏両面』というよりは、一人の女性の、その場その場で変貌する心情―そのいずれもが偽りのない心情―を描いたと考えるべきであろう(5)」とか、いう見解があるが、いずれにも賛同しがたい。

というのはこの作品のテーマあるいはモチーフをどうとらえるかと言う基本に関する問題であるからだ。

つまりこの作品は「カフェー（引用者注―評者の瀬沼茂樹氏は「温泉宿」とカンチガイして記しているので改めた）の女を表裏両面から描」くことにネライを置いているのではない、言いかえれば大正時代末から始まって昭和に盛行を極めたカフェーをいち早く素材にして、そこに働く女の生態を描きだそうとした風俗小説ではない。カフェーという商売を昭和の新しい風俗と見てそこを舞台に破廉恥無軌道な女給の生態を活写したのは「つゆのあとさき」（昭六）で、これによって荷風が昭和文壇に復活したことは余りに有名であり、中島は荷風の愛読者であるが「下田の女」はそういう風俗小説ではない。

また、「二人の女性の、その場その場で変貌する心情―そのいずれもが偽りのない心情―を描いた」わけでもない。つまり一人の女性の次々に変化する〈カメレオン的心情〉を「どれも彼女の真の姿として立体的にとらえようとした」(6)のではない。

「下田の女」という作品のポイントは先にも触れたように〈女の謎〉の提示にある。〈女の謎〉とは言うまでもなく、永遠に男―特に青年期の男にとっての女性の不可解さである。聖と俗、肉体と精神、官能と清純、強気と弱気、等々両極に分裂し、変幻自在、矛盾拮抗する言動に悩まされた経験を持たぬ男は―余程の木石でない限りいないであろう。

この矛盾し、分裂する女の二面性・両極分解・複雑さ・不可解さ、要するに〈女の謎〉に挑んでこれを提示したのが「下田の女」という作品なのであり、その謎を中島はひとまず「女だつて別に一つの型に鋳込んで作られた物ぢやない」から「時と場合でカメレオン見たいに色を変へる」のだと解いてみせたのである。

従ってこの作品は（謎解きの試解の当否はおくとして）〈女の謎〉の追究という青年期の男にとっての最大の問題の一つに真っ向から挑戦した作品であり、まぎれようもなく青年の作品なのである。「下田の女」の意味、あるいは位置はまさしくこの点をおいて他にない。

文学的出自―ディレッタント

早熟な子程背伸びをしたがるというが、満一八歳の中島が最初に選んだテーマが他ならぬ〈女の謎〉であったところに、その文学的出自の一斑は推せられるのである。即ち耽美主義者―厳密には中島の場合、生活上の耽美主義者であったと言う意味で、文学史の用語で言う享楽主義者《ディレッタント》と呼ぶのが適当である。一般には中島のイメージと言えば「臆病な自尊心・存在への疑惑」等、その特異な「自意識・形而上学的問題」に執しつつ、自我を追求して行った作家と見るのが、通説的なパターンとしてあるが、これに対して耽美派的色彩が極めて強いのが青春期の中島の特徴であることを私は以前に明らかにしたことがある。[7] 今その結論のうち本稿に必要な部分を記すと、大学入学の昭和五年当時の習慣で言えば数え二一歳から、卒業して横浜高等女学校に勤めていた昭和十二年同じく二九歳頃の青春時代が文学的には殆ど空白期、沈黙の期間に当るが、この「文学をやめていた」ブランクの事情については不明である。

しかし、昭和十二年末に編集された七つの歌集（七百首に余る短歌が集められた歌稿である）を分析した結果、そこに鮮明な輪郭をもって立っている耽美主義者中島の像を明らかにすることになった。仮構・芸術の世界を偏愛し、ダンディズムを誇り、エクゾティシズムに耽溺し、形式技巧に執している中島の姿は他とまぎれようもない耽美主義者（先にも言ったように、中島の場合静観的な生活享楽である点において、明らかに享楽主義に根を置くもので、悪魔主義的傾向をもたず、感覚的印象の追求に終始している点で、所謂情調的耽美主義と言っていい）のそれにほかならないからである。換言すれば「歌稿」は耽美主義を自らの生の原理とし、美的享受による自己形成を自らの世界観として生きた者の諸相を、ほぼ全円的に示していると言ってよいのである。

しかも一層重要なことに、この時期の中島の年譜は、彼の驚くべき多彩な事象に彩られた生活―多方面の事象へのあくことなき貪婪な関心と熱中ぶりを語っており、それはまぎれもなく、彼が耽美主義者であり、その立脚地が享楽主義にあったことを裏付けるものにほかならない。

このように従来全く等閑に付されてきたが、昭和十二年末に編集された七つの歌集は、中島の耽美派としての刻印をまぎれもなく示すものであり、二十代の中島を享楽主義者としてとらえ、その形象化を短歌に見出すことによって中島の文学の耽美的出自の一斑を指摘し、（注7の拙稿「中島敦と短歌」参照）、更にそれが「虎狩」（昭九）においても立証される（注3の拙稿「初期中島敦論」参照）ことが明らかになった。

この文脈において今「下田の女」を眺めてみると、あらためて淵源の深さに思い到らざるをえないであろう。

「下田の女」の特徴

さて「下田の女」についての言及が余り長くなったので以下にその他の特徴を簡単に指摘しておくと、作品は明確に対比の構造をもち、認識は明晰で表現にはウイットがあり、総じて耽美派の特徴である、感情的、抒情的ではなく、理知的、分析的傾向が顕著である。その点で、この作品の誘因になったに違いない川端の「伊豆の踊子」（大一五・一～二『文芸時代』、のち短篇集『伊豆の踊子』昭二・三金星堂）と比べてみると、川端の場合は伊豆の天城から下田までの素朴な自然を背景に、主人公の学生の孤児根性が、踊子との接触を通して暖かく素直に解放されるプロセスなわけで、言って見れば田園的・情趣的・感情的・風物詩的であるのに対して、中島の場合は明らかにそれと対蹠的に港町のカフェーであり、男を翻弄する女であり、対話を中心として戯曲的に展開し、「伊豆の踊子」では主人公が最後に船中で泣く所に美しいフィナーレがあるのに対して、「下田の女」では女が、ヒジテツを食わせた学生と商人が船中で互いの経験を話し合ったら面白いと言い、聞き手の「私」は学生と商人とが父子だったら、自分がこの女を二人に見せびらかしたら、どんな反応を見せるだろうか等と不逞な空想をくり広げるというふうに構想・展開されている。同工異曲の亜流、模倣となることを拒否しているわけで、理知的・分析的・合理的・都会的・頽廃的と言ってよいかもしれない。

もう一つ既に言われていることで引例は省略するが、新感覚派的な表現―擬人法や直喩の多用や奇抜な感覚的表現が多用されていることもつけ加えておきたい。後年の格調正しい中島の文体とは異なる、モダニズムの潮流の中にあるわけで、中島も〈時代の子〉であったことが確認されるのである。

「ある生活」

「下田の女」から一年後に同時に発表されたのが、「ある生活」と「喧嘩」である。

北満州の旅先で日本人の青年が肺結核で倒れ、今ハルビンの客舎にある。迫り来る死の恐怖の中で、唯一の救いはロシアからの亡命貴族と思われる謎の美少女の訪問である。彼女は決して正体を明さず、青年が無理矢理亡命貴族かと尋ねてから訪問は間遠になり、青年は死への恐怖も消え、外界に無関心になった時、死が訪れる。

この作品は舞台と言い、登場人物と言い、ロマンに仕立てられる条件はそろっていながら、そうした展開は見せずに謎に包まれたまま青年も少女も消えることで幕を閉じる、できそこないのロマンである。

なぜそうなったのかの理由は、恐らく作者の死への傾斜、死への牽引力の大きさである。一つには前年度（昭和二年四月から一年間）肋膜炎を患って休学したことと、もう一つ宿痾となった喘息の発作が既にこの頃から現れていることが考えられる。

加えてテーマの、青年と死、生のさなかの死、というのは古今東西を問わず青年に不可避の永遠の問いに他ならない。中島のような秀才の青年にとって知的、観念的に世界領略を図ることは必然のプロセスであって、(8)まして作家を志す青年にとっては最初の「死」への態度決定を迫られた根本問題であったと言えよう。

中島がのちに「山月記」と「文字禍」を「古譚」の総題で『文学界』（昭一七・二）に発表したとき、〈芥川の再来〉という受けとめ方があったが、類似の要素、同質の部分というのは確かに二人にはある。

例えば作品における知性主義的刻印は否定すべくもないが、もっと興味あるものは出発時における両者のテーマの共通性である。まるでハンを押したようにピッタリ重なるのである。

「老年」と「青年と死」

芥川は第三次『新思潮』（大三・二〜九）に翻訳を発表するところから出発し、同誌に書いた最初の小説は「老年」（大三・五）、次いで「青年と死」（大三・九　初出原題は「青年と死と」）を発表したところで第三次は廃刊となり、従って芥川はここに小説を二作しか発表していない。

「老年」は降りしきる雪の大川端の一中節のおさらい会を背景に、一生を遊芸と放蕩に費した老人の身に猶噴き上げる情念のよみがえり、残燭の炎とも言うべき残んの色香を描いたものであるが、女（あるいは性）を若さの方からではなく逆に老いの方から描いたことによって端正な出来栄えを示しているが、作の中心はまさしく〈女〉であり、生涯男の鼻面を引き廻す色恋の問題にほかならない。

これに対して「青年と死」は、女との快楽に溺れて死ぬ青年と、快楽に虚妄を感じて死を見つめていた故に生き残る青年とを、対比的に描いた思想劇だが、最も中心になるのは〈死を忘れるのは生を忘れるのだ〉という主張である。

このように対比してみると「老年」と「下田の女」における問題は〈女〉であり、「青年と死」と「ある生活」のそれは〈死、あるいは青年と死〉というように全く同じテーマをめぐって創作活動が始められていることがはっきりする。年令的に言えば芥川は満二二歳、中島は同じく一九歳、大学生と高校生の違いはあるが、共に創作活動の出発の時点で青年に不変、緊要のテーマを知的・分析的に追究するところからスタートしている共通性はその後の同質性と異質性とを明らかにする上でも十分注意されてよいであろう。

他に、前作同様、新感覚派的表現がめだつこと、リルケの詩が引用されていること、のちに他の作品でも繰り返される「あらゆる感情は自分に於てすつかり化石して了つた」(9)ようになる〈自己石化〉のイメージが現れていることに留意しておきたい。

「喧嘩」

同時に発表された「喧嘩」は前二作とは文体が一転してリアリズムの文体に変わると共に、お家大事から起る一家の喧嘩を描くというように、本来自然主義の素材を扱っている点でも大いに面目を異にする。但し、素材は重く、シリアスなものであるが、中島はそれをユーモラスに描いていることをあらかじめ付け加えておかねばならない。

房州の漁師一家の話で、後家で働き者のおかねにとっては腹膜炎でぶらぶらしている息子の貞吉がはがゆくてたまらない。

それでグチを言うと嫁がかばい、祖母や末娘までがかばって喧嘩になるというのがいつものパターンである。そういう喧嘩のあった翌朝、腹立ちまぎれに家出して心配させようと家をとび出すが財布を忘れたためにどこへも行けず、物も食えないでとうとう空腹に降参して夜には家に帰るというもので、きのきいた一篇にまとめあげられている。今、その末尾の一節を引いてみよう。

—家がよくつて帰つたんではない。腹が空いたから、仕方がないんだ。嫁や母に負けたんぢやないんだぞ。—と、よく自分に云ひきかせながらおかねはそつと裏から這入つて行つた。下駄の音に中に居た二人は、ギヨロリとこちらを見た。二人とも黙つて居た。ほやの欠けた五燭の電燈の下に、勝誇つた四つの眼が冷たく光つた。おかねはそれを見ないふりをして、大急ぎで臺所にとび込んで、いきなり鍋の蓋を取つて見た。小鰺の煮たのが三つ四つころがつて居た。おはちにも彼女の食べるだけは、はひつて居た。

—帰るに違ひないと思つて、取つといたんだな。畜生、負けたんだ。—

此の考へが少し彼女を不愉快にした。が、今はそんなことを言つて居る場合ではない。おかねは、左手に飯を摑んでほほばり、右手で小鯵を取つて、頭からぼり〳〵と嚙り始めたのであつた。

本来暗くて陰鬱になる素材を、引用に明らかなように、ローカル色豊かにユーモラスに描いていて自ずと笑いをさそわれる。

その理由は後に彼のトレード・マークとして知られるテレ、〈羞恥心〉に基く深刻嫌い、悲壮なポーズを嫌悪する気質的性向も否定できないが、それ以上に人間認識の深さによると見るべきであろう。病気の息子貞吉、勝気な嫁のとり、なだめ役の祖母、末娘のさとを鮮やかに描き分けているところにそれは明らかだが、更に作者は次のようなエピソードを付け加えることも敢て辞さない。

喧嘩の最後に嫁は「おつかあは妬けるでねえのか、おいと旦那（房州の方言、自分の亭主のこと）と、仲がいいで、妬けてるでねえのか。さうでなきや、こんなこと、いつも言ふ筈がねえ。ほんとにいい年をして、……」と言ったのだが、これは「おかねが夫をなくしてから、ずつとある情夫をもつて居たこと、そしてその男を此の春、他の若い女にとられて了つたこと」にあてつけられたと思っておかねがその夜「ねつかれなかつた。」ことを記している。

いかにも土のにおいのする（あるいは潮風のにおいと言うべきかもしれない）艶笑滑稽譚が巧みに挿入されているのだが、嫉妬と情夫という関係をもちこむことによって人間把握に厚みが増し、それをたじろがずに使いこなしているところに「下田の女」の観念的領略のレベルから成長していることは歴然としていよう。

「一塊の土」との比較

この素材からすぐ想起されるのは芥川の「一塊の土」（大一三・一『新潮』）である。こちらは農家のお家大事から起る悲劇であるが、比較してみると悉く対照的であって、そこには中島の意識的なパロディの操作があったのではないかと思われる程である。

芥川の方は徹底して暗く、救いがない。お家大事のお住は息子が八年間病床にあった末死んだ時にはホッとする。嫁と幼い孫が残されるが、嫁のお民は子供の為に婿をことわり、女手一つで稼ぎまくる。お住は喜び、家事と子供の世話を受持つが、年ごとに過重負担になり、楽をしたくなるがそうは言えない。見えない鞭で追いまわされるお住は、世間で嫁の手本と称讃されるお民を悪人と恨み、お民が突然死んだ時に始めて仕事から解放される幸福を感じる。しかしやがて息子に遅れ、嫁に遅れ、老いぼれて残った自分のエゴに気づき、情無い涙にくれるのである。

お住はお家大事との大義名分に隠れた自らのエゴから、厄介者の息子の死にホッとし、嫁から婿をとらぬと聞いて財産の減る恐れがなくなったことを喜び、逆に身体の衰えから嫁の働きすぎを恨み、嫁の死を喜び、次いで自己嫌悪に陥るというふうに、これはまさしく芥川好みの〈エゴの見取図〉に終始している。

お家大事の姑のエゴが、やがて奔馬に引きずられる老馬の苦しみに変り、ただの老姿のグチに転落するのである。

中島の方は息子は死なせないし、嫁に姑に負けていない勝気さを与え、祖母も末娘も息子夫婦を援護する方にまわらせ、しかも家の中で孤立した姑に家出をさせるという最初から負け犬の行為をさせるわけで、この基本的な設定の点で、二つの作品の明暗、悲喜劇は分けられている。しかも時間は「一塊の土」が九年も続くのに対して、「喧嘩」はたった二日であり、前者の陰々滅々に対して深刻好みの正宗白鳥が絶讃して「作者の全作中で、最高位に立つものである。（中略）自然主義系統の作者の作品に比べると、秩序整然として冗談がない。（中略）芥川君もこんなに現代の写実に巧みであるかと感歎」[10]したのも故なしとしないのである。ただし、この評には私は否定的で、「秩序整然」はこの作家のものとして当然として、「全作中で最高位」（もっとも白鳥は「地獄変」と並んでと言っている）にあるというのは過大評価にすぎる。即ち「こんなに現代の写実に巧み」と言っているが、作品には労働も労苦の実態も描写されてはいないのだ。抽象的、概念的に記述されるのみで農村の労働の過酷さ、流れる汗、照りつける日ざし、草いきれ、凍てつく寒さの中での作業等〈写実〉に価するものなど何もありはしない。都会から農村に舞台が変りはしたが、衣裳は変っても、エゴのからみあいという点で本質的には何も変ってはいないのである。

話をもとへもどすが、つまりこの二つの作品は発想が違うわけで、そういう背景に一つは中島が意図的にパロディ化し、別のものを作りあげようとした企図が推定できる。

もう一つはそこに両者の資質の違いを見ることもできるように思う。〈エゴのインフェルノ〉に苦しんだ芥川と、エゴのみにはこだわらなかった中島の相違である。

「蕨・竹・老人」

三年になってから『校友会雑誌』の編集をする文芸部委員になった中島は合計三篇の小説を書いて

いる。委員は前任者の推薦制で順送りに三年生が卒業前に二年生の中から後任を決めてバトンタッチするしきたりで、[11] 昭和四年度の中島たちは322号から326号まで五冊発行している。

「蕨・竹・老人」は新委員の編集になる最初の号に載った作品であるが、これまでの三作とはまた一味違った、一口に言えば現実暴露の悲哀を描いた自然主義風の作品と言えるかと思う。勿論大急ぎで新感覚を盛った、と付け加えておく必要はある。

「天城の隧道を南に抜けると、やがて下田街道に沿つて、蜜柑のよく実つた細長い小さな村」とあるので恐らく舞台は伊豆の湯ケ野と考えていい。そこに春の一月半程を過した「私」の温泉場の見聞を綴ったもので、例えば蕨の群落を次の様に描いている。

> 彼等もまだ小さい中は頭からスッポリと毛を冠つて、恥づかしげに、みんな一つ所によりあつて頭を下げたまゝ、何かひそ〳〵と話しをして居るのです。所がそいつらも暫くすると、急にコブラの様に頭を擡げて、まるで眼でも附いて居るかの様に四方を見廻し初めます。そして、其の毛の帽子の横つ腹が少しうすれて禿げてくると、成程、そこから小さな青い眼が出てくるのです。が、その眼玉が段々大きくなつて、到頭冬帽子の下から飛び出すと、今度は、幾重にもかじかんだ鸚鵡のくちばしに似た子供の葉つぱが遠慮がちに這ひ出して来るのです。そして其の頃には、もう下の方の毛織のストッキングもすつかり脱げて飴色をしたゴム管の様に健康さうな足がすつかり現はれて居るのです。それからもう一日も立つと、その子供の葉つぱも、いゝ気持に手足を伸ばし初めて、鸚鵡のくちばしはいつの間にか細かい緑色の粒でできた落雁になり、そのらくが

んも緑色ばかりかと思つて居ると間もなく、その中から薄紅い絲みたいな細茎が見え初めるのです。その細い茎が足と同じ様に丈夫なゴム管になる頃は、もうそれは、一人前の堂々たる蕨になりきつて居るのです。そして、和やかな風に吹かれながら、春先の山路に傲然とそつくりかへるのです。……

氷上英広氏がのちに「中島の文章に特有な、あの文脈の正しさ、格調のよさはすでにあらわれてい(12)」ると指摘するように、「下田の女」における新感覚派的要素—隠喩・直喩・擬人法の多用（右に引いた部分はこの作品全体の文章からすると特殊で、例外的にそれらが多用されている。理由はワラビの成長過程を高速度カメラで視覚的に映像化して提示しようとするための必然であろう）は影をひそめ、派手なけばけばしさはなくなり、奇異をてらわず、後年の文章に見られる気品と落ち着きがでてきており、これを境に中島の文章の基礎・下地が出来上ったと見てよいと思う。

作品は都会人の目が把えた、明るい南国の山野の風景—蕨・竹山・緑・夏蜜柑・雲・渓等々を新鮮な目でスケッチして行き、「東京の塵と埃との間」に住んでいた「私」は牧歌的な田園の生活に馴染んですっかり楽しくなって一月半も過し、別世界と思うに至るのであるが、しかし理想に描いた「老後の静境」を送っていると感嘆羨望した老人の、痴情に狂う急変に接し、そこもまた別世界・桃源郷ではありえない、醜悪な現実の世界であることを知らされ、したたかな幻滅を味わって陰鬱な東京に帰るというふうになっている。

〈幻滅〉の主題はもはや自然主義においてさんざん繰り返された陳腐なテーマに他ならないが、中島はマンネリを排すべく、前述のように新鮮な視点を導入し、また全一〇章構成というように短章を多くして（最も短い章は三行から成っている）変化を与え、章の中でもカット割りの多さは甚しく、工夫は用意されており、その点にもモダニズムの影響は明らかに見られよう。

この作にも「伊豆の踊子」の誘因は明らかで、中島はこの頃昭和二年の夏伊豆に旅行しており、「四」章に露天の浴場から十六・七の「真ツ裸の若い女が二人」とびだしてきて「体操」を始めるなどは二番煎じの感があり、インパクトに欠けると言わざるをえない。

序でに言っておけば中島の作品で〈伊豆もの〉は「下田の女」とこの作品の二作のみであるが、〈伊豆もの〉と言えばしばしば引き合いに出している川端康成の後代への牽引力が大きいことは言うまでもない。現にこの時期、昭和元年一二月末から三年五月初めまで、梶井基次郎が川端を頼って、湯ケ島に滞在中であった。そしてこの間に彼は「冬の日」「筧の話」「蒼穹」「冬の蝿」と代表作を書き、〈湯ケ島時代〉と呼ばれる新境地を拓いて行くのであるが、ここで若干の両者の比較を試みておきたい。

梶井基次郎と中島敦

現代日本文学全集等のアンソロジイには殆どと言ってよい程二人は一緒にして組み合わせられることが多いのであるが、これは二人に共通する病弱・夭折・寡作だが珠玉の作品・現代の古典、といった見かけの相似性によるのが大きいからであろう。というのは対比してみれば明らかなように二人の文学はその特質を全く異にするものであるからだ。

梶井は中島より九歳年長で、三高を二度落第して大正一三年に卒業し、同年東大英文科に進み、同人誌『青空』（大一四・一〜昭二・六　全二八号）を出して創作活動にうちこむが、デカダンスな生活がたたって肺結核が進行し、転地療養のために、湯ケ島に来たのである。

しかし南国とは言え、山間の渓間の地が結核の療養によいとは考えられない筈で、それを平然と無視して一年半も居続けるところに梶井の方図の無さが現れているのであろう。

無論病状は悪化するが、それに反比例して前述のように生命を削ぎ落すようにして「冬の日」「蒼穹」「冬の蠅」等の秀作が書かれ、第二期の湯ケ島時代が始まるわけであるが、今両者の対比をはっきりさせるために、敢て図式化して梶井の活動の時期を三期に分け、第一期を「檸檬」、第二期を「冬の蠅」、第三期を「のんきな患者」で代表させてみると次のように言えるであろう。

一期は状況の圧迫・不安・焦燥からレモン爆弾をセットして瞬時の感覚的解放を試みる。無論その試みは「城のある町にて」以後の感覚的豊饒をもたらしはするが、状況の解決に寄与するものではない。そこから病状の進行に伴なう第二期の〈闇の発見とその受容〉に入る。「愛を拒否しはじめ社会共存から脱しようとし、日光より闇を喜ぼう」[13]として、自己の生の孤独・絶望・滅亡を宿命的なものとして認識、受容し、そのピークに達したのが「冬の蠅」である。そこから最晩年の安定した「のんきな患者」の世界が開ける。従来の主観的・感覚的世界から客観的・現実的世界へと転換してゆく。

もう一つ付け加えておくと、誤解されやすいが梶井の小説は私小説ではない。発想は私小説的であるが、現実再現をめざした私小説ではなく、自らのコンセプト、あるいは感性によって現実を切断し、それとは別個の美的秩序を建立しているからである。
さて、このへんで梶井と中島とを対比してみると相異点の方が目につくようである。

両者の相異点

第一に中島は習作を書き始めた一高時代から梶井のような私小説的発想では作品を書いていない。例外的なのは「過去帳」の二篇―「狼疾記」と「かめれおん日記」である。

第二にこの事は、梶井の一、二期の作品が自らの独得の感覚・心情・認識を明らかにするものであることを物語っている。そこにおける青年の倦怠・焦燥・孤独・絶望・不安等はそれ自体としては中島の作品にも（例えば「過去帳」「わが西遊記」の二篇はその典型）あるが、内容は異っている。

第三に中島の場合は、梶井にはない歴史や古典に隠見する人物を主人公にする点で大きく異なっている。もっとも晩年の梶井は曾て軽蔑していた鷗外の史伝を愛読したというからあるいは更に生があれば、変った展開を示したかもしれない。

結論的に言えば、昭和二年天城を通る街道や温泉で袖触れあったかも知れない、二人の作品は矛盾し、動揺し、錯綜する青年の内部を描いた作品をもつ点では共通するが、その作品の内実においては異質だと言うことである。

「巡査の居る風景」

「巡査の居る風景―一九二三年の一つのスケッチ―」は当時全盛のプロレタリ文学作品と言ってよいも

ので、一九二三年冬の植民地朝鮮が舞台である。

ここで中島は京城に住む二人の朝鮮人に問題の集中的な路頭を見ようとする。一人は（こちらが主人公役だが、作品はこれまでのものがそうであるように、ドラマの緊密な展開が構想されているのではなく、エピソードの集積というふうになっているので、二人が作中で相関わるということはない）巡査の趙教英で、朝鮮人でありながら支配者日本の体制側に属して統治に加担するという職務にあるために矛盾が集約的に現れてくる。電車内での日本人中学生の傲慢な態度、「ヨボ」とは当時日本人が朝鮮人を呼ぶ場合の蔑称であったが、無知故にそれを知らずに「ヨボさん」と朝鮮人学生に声をかけて憤激を買いながらその理由に気付かない鈍感な日本人の女。また、京城駅頭で朝鮮総督の暗殺を図って失敗した朝鮮人青年を捕えた時、

彼の腕を捕へて居た趙教英はとてもその眼付きに堪へられなかつた。その犯人の眼は明らかにものを言つて居るのだ。教英は日頃感じて居る、あの圧迫感が二十倍もの重みで、自分を押しつけるのを感じた。

捕はれたものは誰だ。

捕へたものは誰だ。


もう一人の新米の娼婦金東蓮は、夫がその夏商用で東京に行き、関東大震災に遭って死んだと思っていたのだが、客の一人から朝鮮人大虐殺のニュースを始めて教えられ、夫の死因の真相を知って泣

き明かした彼女は翌朝通りで呼びかける。

―みんな知ってるかい？　地震の時のことを。

彼女は大聲をあげて昨晩きいた話を人々に聞かせるのであつた。彼女の髪は乱れ、眼は血走り、それに此の寒さに寝衣一枚だつた。通行人はその姿に呆れかへつて彼女のまはりに集つて来た。

―それでね、奴等はみんなで、それを隠して居るんだよ。ほんとに奴等は。

到頭、巡査が来て彼女をつかまへた。

―オイ、静かにせんか、静かに。

彼女はその巡査に武者振りつくと、急に悲しさがこみ上げて来て、涙をポロ〳〵落しながら叫んだ。

―何だ、お前だつて、同じ朝鮮人のくせに、お前だつて、お前だつて、……

結末は日本人中学生と朝鮮人生徒との喧嘩の懲戒についての不公平な処置で課長と言い争った趙はクビになり、路上を歩きつつ、革命の密議をこらす組織の一室を思い浮べ「どうにかしなくてはいけないのだ。とにかく。」と思いつつ、ビルの柱に寄りかかって眠りこける労働者の群れを揺すりながら、

「お前は、お前たちは。」突然何とも知れぬ妙な感激が彼の中に湧いて来た。彼は一つ身を慄は

すと、彼等のボロの間に首をつっこんで泣き初めた。
「お前たちは、お前たちは。此の半島は……此の民族は……。」

つまり植民地朝鮮の大正一二年の冬の状況―その屈辱・絶望を多面的に、場面を積み重ねることによって描きだしたもので、単なるスケッチにとどまらずに、そのおかれた日常的現実の状況を極めてリアルに描き出していると言っていい。

被支配者の側から描く

しかしそれ以上にこの作品の意義は、植民地の状況を支配者である日本人の側からでなく、被支配者である朝鮮人の側から描き出していることである。支配され、抑圧されている朝鮮人民衆の目と心を通して、悲惨な実情を描いていることである。この点の意義についてはいくら強調しても強調しすぎることはない。

一体明治以後から昭和二〇年までの期間において、日本の支配下にあった現地人を主人公にした作品が一体幾つあるか、と数えてみればすぐわかるように、極めて僅かしかない。それも昭和一〇年代に国策として奨励遂行された作品を除いてしまえば昭和一〇年頃までに被支配者側の視点や立場から書かれた作品は限りなくゼロに近いというのが実情だからである。

それは恐らく明治以後の日本の近代化、イコール西洋化のプロセスと軌を一にするものであろう。文学者を含む知識人はアジアの国々が未開後進なるが故に範とはなりえないとして背を向け、欧米一辺倒に立ち至ったわけで、その事情は今日に至るまで基本的に続いていると言ってよいのである。

一例をあげれば中島がこの作品を書く八年前、大正一〇年に芥川は一〇〇日程中国を旅行し、『支那遊記』(大一四・一一、改造社。原稿の大半は帰朝直後の大一〇〜一一年初めに書かれた)を書いたが、革命進行中の現代のシナには全く興味を示さず、古典的教養を実地に踏査したにとどまり、不潔・汚穢に辟易している。一旅行者に過大な期待はする方が無理であろうが、それにしても政治や社会等の時代の動向に対する風馬牛ぶりには啞然とするほかはない。そのレベルからすれば、大正大震災の際に田端の芥川家に被害はなく、例の所謂不逞鮮人暴動の流言蜚語に対して組織された自警団(東台倶楽部)は、芥川の発案で丸太にはしごを固定させて道路に置いたというが、この程度の朝鮮人に対する認識・反応・対応が一般的であったのだ。

不条理の認識

これに比べて小学校五年から京城中学四年修了まで朝鮮に住んだ中島は感受性の形成期を朝鮮で送ったわけで、その影響力は極めて大きかったと言わねばならない。

その最大のものは植民者と被植民者の間の不合理であろう。植民地における特権的な人間関係に接して、そこから社会正義にめざめたことも確かであろうが、中島の場合それ以上に重要なのは不条理な人間存在にめざめたということであろう。

つまり中島の中核的な想念の一つと言われる〈存在への疑惑〉というものも、思弁的・観念的な追求の産というふうに理解するのではなく、植民地体験という日常的現実的契機というのをもっと重視すべきであると思う。

　その不条理な人間関係という点でもう一つ言えば、実母との生別、二人の継母（第一の継母は中島が京城中一年の時産褥で死に、三年時に第二の継母が来た）を迎え、いずれとも折合いが悪く、しかも二人とも死別していること、弟妹三人や祖父、伯父等の相次ぐ死はいやでも鋭敏な中島を刺激し、〈存在の不条理性〉への誘因になったであろうことも無視できない。

　このような中島にとって折柄のプロレタリヤ文学全盛の中で、被植民者の視点からその実態をこの作品のようなかたちで告発することは容易であり、当然であった。しかし重要な事は、中島にとってこの視点・立場は人間認識の根源に位置するものである故に、一時的な盛行、時好性に投ずる軽薄さとは無縁であった。そういう作品は他に書かれていないところに明らかである。と同時にそれが彼の認識・存在と深く関わるが故に、一時の盛行も一場の夢と消え、弾圧され、転向して行った中で、中島は昭和一〇年代の最も困難な時期に、南海の小島で大英帝国の植民地政策にたった一人反乱を起したR・L・スティーヴンスンを主人公に「光と風と夢」を描いたところに執念深く生き続けているのであり、彼が晩年南洋庁の役人として、パラオに赴任した際に知りあった島の女を、日本人も含めた島随一の知的な女性として描いた「マリヤン」程、愛情と理解に満ちた現地人を描いた小説は類がないところにも明らかであろう。

「D市七月叙景(一)」の舞台は大連

　残る一つの作品「D市七月叙景(一)」は前作より七カ月後の発表で、前にも記したように「(一)」のみでそれ以後は発表されていない。
作品の舞台「D市」というのは大連のことであり、一章、二章に言う「M社」とは満鉄のことであり、小説の時間は「昭和四年七月二日から間もない頃」ということがわかる。

というのは「T内閲」というのは田中義一内閣以外にはなく、田中は昭和二年四月二〇日に総理となり、大陸進出を強行し、張作霖爆殺等を行い、この責任を追及されて四年七月二日総辞職した。第一話の主人公満鉄総裁の「Y氏」はこの「T内閣」の推挙でその地位を得たために、田中失脚によって彼も辞任せざるをえない状況にある。猶、この間の満鉄総裁は昭和二年七月一九日に任命された山本条太郎で、彼は田中失脚後の同年八月一四日に辞任[14]しており、イニシャル「Y氏」との符合は単なる偶然ではないであろう。というのは、満鉄は日本が日露戦争後アジアにおける支配権の拡大強化を推進する際にその強力な推進主体としての役割を果したもので、もともとイギリスの東インド会社にならって経済的な収益機能と軍事的機能を兼備して巨大な発展を遂げたその歴史の中で、軍人出身で大陸進出の積極政策を掲げた田中義一が「満蒙分離」という日露戦争以来の懸案を一挙に解決すべく強行突破を図った時期に、三井物産上りで政友会の議員であった山本条太郎が満鉄に乗りこんで田中政策推進の先頭に立って旗をふったからである。

山本は総裁就任後、収益の大半を鉄道に負っている現状を改革して、多角的な新規事業計画を社員に発表（昭三・一）したが、その主なものは㈠オイル・シェールの生産開始　㈡鞍山製鉄所を拡張して年産二〇万トンを二八万トンに増産　㈢大連港の埠頭増強　(4)海運業の拡張、等[15]であり、満鉄の事業拡張の基本的な方策を樹立した点では重要な働きをした男であったと言ってよく「中興の祖」との評価もあって、[16] モデルとしての「南満州の王様」の実像は、中島の作中における戯画化の対象とされた像からは遠いようである。

さて前置きが長くなったが作品は三章から成る。

南満州の王様

「一」は「南満州の王様」である「M社総裁のY氏」が昨日の昼頃からシツコイしゃっくりに苦しむ話である。単なる「横隔膜の痙攣」にすぎないのであるが、困ったことに一分毎におきては食事も睡眠もできず家内は勿論、「社宅中のものが悉く徹夜」をさせられ翌日出社した頃におさまりホッとする。政変でT内閣が失脚したために彼も辞任せざるを得ず、社員を前に「彼の名前を不朽」にする名演説の原稿作成を命じておいたところ、その草稿が届けられ、内見して「見事な文章ぢや。実に堂々としとる。」と満足し、読み終ると「『うまい、全く、うまいものだ。』」と感心するのであるが、そのすぐあとに、あの昨日来のシャックリが再び恐怖の記憶と共に起ってきたところで一章は終る。

見て明らかなように「南満州の王様の戯画」を提示するところに狙いがある。

笑いは一般に生理的状態・肉体的欠陥・或る種の病気、またはその状態を誇張・拡大することによって可能である。何故なら、それによって人間の威厳・権威を失墜させ、存在のありようをひっくりかえして見せるからである。

そのためにトイレ・放屁・セックス・ソーセージのように長い鼻等々がしばしば用いられ、主人公と原因とのアンバランスが大きければ大きい程その効果も大きい。『ナポレオンと田虫』（大一五・

一『文芸時代』はその好例であり、〈王様とシャックリ〉というとりあわせのおもしろさも、横光にヒントを得ていることは明らかであろう。

総裁は秘書の書いた演説の草稿に満足しながら読み進める中、在任中の「彼の事業」が列挙してある部分について（前記の「オイル・シェール」事業などにふれて）

こんな事実は彼のまるで知らない所であつた。なるほど、一度こんな報告をうけたことがあるといへば、その様な気もしないではないが多分彼はそれを、すぐに忘れてでも了つたのであらう。とにかく、こんな風に彼の知らないことが、彼の在任中に於ける功績として、どん〳〵新聞に書立てられ、M社の歴史に残るのかと思ふと、彼は俄かに子供じみた満足を覚えるのであつた。

しかし、シャックリで王様の威厳もふっとび、内閣の瓦壊という遠い日本のシャックリで王様の首もふっとぶとしたら、社史にその名を「不朽」にしようとする総裁の試みも、所詮いつ雲散霧消するかわからないテイのものではないであろうか、ということをひとまず言っておいて後でまたふれることにしたい。

中堅社員の〈不安な幸福〉

「二」はD市郊外の海水浴場での日本人一家の一日を描いている。外国人の多い避暑地で貸別荘で夏を過すのが一家の慣わし。浜辺での砂遊び、船を仕立ててのカニ漁、楽しく賑やかな晩餐、隣家のロシア人からのブリッジの誘い—外観的にはいかにも屈託のない、恵まれた中流家庭の一日が描かれ、四人の子供達の中、殊に末っ子の言動が精彩を放っている。

ところでこの章の狙いは、中流の暮しや子供を描きだすところにあるのではない、日本での貧しい生活から脱出を図って一五年前にD市のM社に入社してやっとつかんだ幸福にホッとしている、中年夫婦の〈不安な幸福〉を描くところにある。

つまり多くの植民地に行った人間がそうであるように、この夫婦もまた出稼ぎに来た一旗組で、収入は倍増し、子供も中学五年をかしらに四人あり、内地にいてはとてもできない現在のくらしに満足しているのであるが、その幸福に未だに不安や心配がつきまとうのである。

併し、ずつと不如意な生活に慣れてきた者は、幸福な生活にはひつてからも、そんな幸福にほんとに自分が値するかどうかを臆病さうに疑つて見るものだ。そして、更に滑稽なことに、その幸福の保證のために、時々小さな心配や苦労をさへ必要とすることもあるのである。で、彼のこの場合には、時々の子供の病気だの、入学試験の成績だの、又は裏のトマトの年々の出来だの、さういつたことが、その為に役たつて居るのであつた。よく、夜、子供達が寝て了つてから、もう、かなり小皺と頰のたるみを見せて来た妻が、彼との話の切れ目などに、ホツと吐息をつくことがあつた。それは安心のため息に違ひなかつた。まあまあやつと、来る所まで来てホツとしたといつた風な吐息だつた。彼女は、それを夫に見られたことを恥ぢ、何故ともなく、きまり悪げにそれを隠さうとした。が、又すぐに、その意味もない子供らしさに気がついて、再び彼と顔を見合せては微笑むのであつた。

長い不如意な生活を送ってきたために、幸福な生活が実現してもにわかにはそれを信じきれない小市民の愛すべき貧乏人根性、不安や心配の中に幸福とつきあっている〈不安な幸福〉の心情をつかみ出して見せるのである。出稼ぎ者達のいじましい心情、中流のくらしができて満州は「極楽」であるにもかかわらず、晩年は日本に帰りたいという望郷の思いもつけ加えていて、ともにリアリティがある。

二人の失業苦力

はじめに王様、ついでM社の中堅社員一家を描き、「三」では最下層の人間、工場閉鎖で失業した二人の苦力が登場する。二人は働いていた大豆工場が不振で閉鎖となり、あちこちの工場をまわった揚句波止場に来たが、埠頭にも仕事はなく、裏通りをうろつくうち空腹から無銭飲食をし、たたき出されて往来で眠りに落ちこんでゆく。

二人の苦力の心情と行動の推移は自然で過不及がなく、汚濁にまみれた場末の横町の描写はリアリティ十分で、描写とまとまりという点では「三」が最も成功していると言ってもよいかもしれない。

二人のすぐ前に見える料理場では、今、俎の上に殺された計りの猫の死骸が乗つて居た。（猫と雖も此の界隈では珍重すべき食料であつた。）

料理人は先づ猫の頸のあたりの動脈を切開いた。血が勢ひよく迸り出た。それから彼は、その血だらけの猫の腹を巧妙な手つきで揉み初めた。そして一とほり血を側の桶の中に絞り出して了ふと、今度は厨刀の先端を猫の下顎に入れて、それをグーッと腹部から尻尾まで切り下げて、肉片のついた尾骨を叩き斬り、かへす刀で、皮と肉との間を二三度器用な厨刀を入れるともう、カバカバの皮と眞赤な肉片とに分れて了つた。それから四肢の関節を外し、胸壁の中に指を入れて、肺臓をゑぐり出して、腸と一緒に、それを桶の中に投げこんでから、水で一洗ひすると、既に立派な食用肉が出来上つて居るのであつた。

右の引用は苦力の前で猫を料理する場面であるが、視覚的に極めて鮮明な描写であることがよく了解されるであろう。

さて記したいことは多いが、次にこの作品を総括する立場から考えてみたい。

デラシネ

「D市七月叙景㈠」という作品の性格を考えるにあたって重要なのは三つの章の主人公の問題である。

彼らは王様から餓死寸前の失業苦力まで身分・階層に上下の差はあっても、いずれも根無草であり、デラシネであるという点で共通している。「南満州の王様」と言っても風向き次第ですぐ首がとんでしまうように、苦力も同様であり、M社の社員も常に〈不安な幸福〉の中にいるわけで、いつ我が身にふりかかってくるかわからない、置かれた状況の不安定さという点で全く変わりはない。

換言すれば彼らはいずれも〈出稼ぎ者〉であり、金儲けのために来ているのであって、磁石が鉄粉を吸い寄せるように金という吸引力がデラシネたちを引き寄せているのであって、それが無ければ雲散霧消する存在なのである。

そういう中で王様は社史に名を残そうと虚名を求め、社員は不安な安定にすがり、苦力は無銭飲食をして叩き出され、明日なきまどろみの中に束の間の充足を求めるというふうに、いずれもドッシリと根を下した安定とは無縁の、綱渡りのような生活、内に常に崩壊と転落の危険をはらんだありようがその特徴である。

そこに満鉄が支配する国際都市大連の特質を見たのがこの作品であると考えられる。

現実と人間を見る眼の深まり

次に指摘しなければならないのは、これは植民地D市の単なる告発や現実批判をめざしたものではない。そのレベルでの作品なら掃いて捨てるほどあるわけで、今更繰返すまでもなかった。

プロレタリヤ運動が最盛期を迎え、中島の周囲でも続々活動に入って行ったし、アジビラのようなハシにもボウにもかからない作品が量産された中で中島はそうした時好性に投じて書こうとはしていない。

騒ぎ立て行動を起すには余りにさめていたとも言えるし、また、現実をとらえる眼、人間認識が深かったことも言えるであろう。

言いかえれば植民地都市大連の現実を批判・告発するというレベルからではなしに、その現実を正確に把握し、分析して特質を明らかにし、その結果〈出稼ぎ〉〈寄生〉の特質が明らかにされ、彼らの根無草・デラシネの不安定さがはっきりととらえられるしかけになっているのである。

そこには「下田の女」からは勿論、「巡査の居る風景」から見ても、現実を見る眼は奥行きを増し、人間認識は更に深まっている。

従ってこの作品を「巡査の居る風景」と同じく「プロレタリア文学運動の盛況」と関係づけ、そこからあと中島は「自己への回帰」に「転向」したとする見解[17]には賛同できないし、また「青年の正義感、現実批判」を見る意見[18]もあるが賛同しがたい。後者は更に「二」の主人公をとらえて、

　ただ、あなたは何かを見ずに居るのではないかと問うのである。この平和がどのような火種を孕んでいるのか知らないのか、例えば―M社とは何であるか、D市とはいかなる街か。ロシヤ人達の姿を何と見るか、中国人の船員やボーイをどう見るのか。そしてあなたの最高上司M社総裁とは何者か。日本へ帰るとはいかなることなのか、などということを、そして集約すればあなたが仕事に満足し勤勉に務めるということがどういう意味を持つのかということを考えなくてもいいのかということを、中島はひそかに問うている。

中島は「ひそかに問うている。[19]」というのだが恣意的な読みにすぎるだろう。もし「ロシヤ人」や「中国人の船頭やボーイ」についていうのなら、少くとも彼らについて書きこんでいなければならな

い筈だが、どんな形象もそこにはないのだから。

さて紙数も長くなったので「D市七月叙景(一)」についてはこれで打切り、これまで検討してきた一高時代の初期作品六つについて概括しておきたい。

六作品の概括

既に指摘した事実との重複は避けて言うと、新感覚派的な認識と表現に基くモダニズムの一面があり、また反面、自然主義ふうのリアリズムもあり、更にプロレタリア小説もある、というふうに、昭和二年から五年にかけて発表されたこれらの作品はまさしく時代の渦中にあったものと言うべきで、所謂三派鼎立状況の典型であろう。

また、テーマを観念的に領略し、対象を知的・分析的に把握した知性主義的作風が強く、エピソディックな断片を組合せて一篇を構成するコラージュの手法も顕著である。作品世界には耽美的なエグゾティシズム・ロマンティシズムが色濃く漂い、新感覚派的表現のおもしろさ、描写力の確かさによって、若書きの未熟さはあっても決して凡手ではなく、作品は何れも趣向を凝らし、変化に富んでいる。

そこに新時代の作家たらんと志す中島の〈時代の子〉としての姿を見ることも無論可能だが、しかし状況を突破しておのれに固有の時空を創造しない限り作家としての自立はありえないとすれば、むしろ可能性の束としてのブリリアントな才華の片鱗をそこに見た方が適当ではないかと思う。

従って前引の川村湊氏の云う「〝植民地アジア〟の心象風景を書くことを、文学者としての出発点とした」というような、性急な限定には同じがたいのである。

幼少時における異民族体験、植民地体験が中島に人間あるいは世界の不条理性への認識を深めさせる重要な契機となり、その一つの反映が「巡査の居る風景」「D市七月叙景㈠」に表れているのにすぎないのであって、もしそういう見方をするなら、中島は〈モダニズムが出発点の作家〉ともなるし、あるいは〈自然主義が出発点の作家〉ともなりうるわけで、こうした一斑を見て全豹を卜する類の断定の当らないことは明白であろう。

こういう人間と世界についての認識を深めて行けば、当然時間と空間は超越する筈で、そこに中島の世界―空間的に言えば、中国・南洋・オリエント、人間で言えば中国人・イギリス人・パラオを始めとする南洋諸島の島民たち・アッシリア・エジプト等、時間的には古代から現代まで、と多種多様の人間たちの生を問う世界が開けたのだと考える。

その意味で中島の可能性の根源を窺わせるものとして貴重である。

注

（1）釘本久春「批評」昭三・一一『校友会雑誌』319号。

中島敦君の「短篇三つ」は應募小説中での圧巻であつた。勿論、他の應募小説が、言葉の眞の意味に於て、小説と云へる作品であるかどうかは問題であるけれども。一般に應募原稿が量に於て質に於て著しく低いようには感ぜられるけれど、中でも雑誌の主力たるべき小説の甚しく振るはないのは、眞に残念である。（中略）

中島君の作品はそうした不振の中にあって唯一つ輝く球（珠の誤植であろう―鷺）玉であつた。その健筆と、柔く確なリリシズムは君の作品をして、快く、まろ味ある短篇たらしめてゐる。殊に「喧嘩」は、心理的な素材を短篇的に生かし、心理描寫に於て平易明快な態度をとい《ママ》ひながらも浅薄に陥らなかつた点に於て、誠によき作品であると思ふ。

しかし難を云へば、君には筆の走り過ぎる嫌ひはないであらうか。健筆の駆使が、素材を内面的な真実に溢れしめることから、即ち素材の客観的な取扱ひ、或は又素材への深き観照から、君を奪ひ得る危険を胎んで居りはせぬであらうか。「ある生活」に於て僕はその遺憾の幾分かを持つのである。「女」に至つては、僕等五人悉く「短篇三つ」の中から此の一篇を除外するの止むなきに至つた。即ち、才筆の陥る可き難点である。

(2) 郡司勝義「解題」(全集第一巻)。但し同氏編の「年譜」(第三巻)では寄贈の日を「一月二十三日」と記している。どちらかが誤記なのであろう。

(3) 拙稿「初期中島敦論―『虎狩』を中心に―」昭四八・五『言語と文芸』76号。のち、拙著『中島敦論―「狼疾」の方法―』平二・五　有精堂に収録。

(4) 瀬沼茂樹「中島敦入門」昭三九・一〇『日本現代文学全集』第八二巻、講談社。

(5) 濱川勝彦「『虎狩』まで」昭四四・四『国語国文』。のち『中島敦の作品研究』昭五一・九　明治書院に収録。引用は後者による。以下単行本に収録論文の場合は本稿の引用は単行本による。

(6) 注(5)に同じ。

(7) 拙稿「中島敦と短歌―享楽主義の終焉」昭四七・八『都留文科大学研究紀要』第八集。のち、拙著『中島敦論―「狼疾」の方法―』平二・五　有精堂に収録。同じく注(3)の拙稿。

(8) 例えば「狼疾記」の「二」で、少年時代に「『あらゆる事柄(あるひは第一原理)を知り尽くし度い』」という「『自己を神にしたい』欲望」に「烈しく悩まされた」ことを記している。

(9) 引用文中の「化石」は文治堂版中島敦全集(昭三五・二刊)では「石化」。意味上からは「石化」が妥当か。

(10)「芥川氏の文学を評す」昭二・一〇『中央公論』。
(11) 昭和四年度の文芸部委員を中島と一緒に勤めた氷上英広氏のご教示による。他に委員は木村佐京、高橋三義の両氏。
(12) 氷上英広「中島敦のこと」昭四〇・七『東書　高校通信　国語　34』東京書籍。のち、鷺只雄編『中島敦』昭五二・四、文泉堂出版に収録。
(13) 昭二・一二・一四付北川冬彦宛書簡。
(14) 原田勝正「満鉄」昭五六・一二、岩波新書。及び松岡洋右『満鉄を語る』昭一二・五、第一出版社。松岡は山本の総裁就任と同時に副総裁に就任し、のち第一四代の総裁（昭一〇・八・二〜一四・三・二四）となった。猶、『近代日本総合年表』（昭五四・八、第三刷　岩波書店）は「官報」によるとして任命は「昭和二年七月二〇日」とし、辞任については記していない。
(15) 原田勝正、前掲書。
(16) 松岡洋右、前掲書。
(17) 注（5）に同じ。
(18) 佐々木充「一高時代の習作」昭四七・三『帯広大谷短大紀要』九号。のち『中島敦の文学』昭四八・六、桜楓社に収録。
(19) 注（18）に同じ。

3 芸術家と市民の二律背反——中島敦とトーマス・マン

李徴と章三郎

中島敦の文学の特質を明らかにする試みの一つとして、本稿では主としてトーマス・マン『トニオ・クレーゲル』（一九〇三年　本稿は高橋義孝訳の角川文庫版　昭二八・一二・二〇　初版による）と「山月記」を考察の対象として検討を加えてみたい。

何故『トニオ・クレーゲル』を考察の対象とするかについては以下の叙述がこれを明らかにする筈であるが、あらかじめ触れておけば『トニオ・クレーゲル』は中島敦の愛読書であったことがまずあげられる。その例証は未完の草稿「北方行」の「第一篇　二」に明らかである。原文を引用対比して明示することは紙数の都合で省略するほかはないが、主人公の一人、黒木三造が烈風と波浪に翻弄される甲板に立って渤海湾を航行する場面は、トニオ・クレーゲルが故郷の北ドイツ（それと明示してはいないが、リューベックであろう）からデンマークへと北海を航行するシーンの露骨な模倣にほかならない。

もう一つは、ともに芸術家を主人公にした〈芸術家小説〉であることで、特に『トニオ・クレーゲル』の場合、一般的に〈芸術家対市民〉の問題を深く追求していると評されるように、この問題を考える上でさまざまな示唆を与えてくれるからである。

だから単純に〈芸術家小説〉ということで比較するのであれば、例えば谷崎潤一郎「異端者の悲しみ」（大六・七『中央公論』）でも、菊池寛「無名作家の日記」（大七・七『中央公論』）でもよいわけであるが、これらだと私が当面考えている問題を更に広げ、深める上で十分であるとは言えないので考察の本命として採りあげてはいない。

名前がでたので「異端者の悲しみ」について言っておけば（「無名作家の日記」については後述する）、帝大文科三年の章三郎の家は八丁堀の裏長屋で、敗残者の父母と肺病で死期の近い妹の四人暮らし。「天才の自負」を持つ章三郎は「豪奢な生活」と「悪魔が教える歓楽」を求める故に友人に借金し、平然とそれを踏み倒し、絶えず家庭に風波を起こし、父母を絶望させる。しかしその蔭では両手を合わせて父母に〈どうぞ私を堪忍して下さい〉と人知れず祈る時もある。妹の死後発表した小説は当時流行の自然主義とは全く傾向の違う「怪しい悪夢を材料にした、甘美にして芳烈なる芸術であつた」。章三郎を潤一郎に重ねれば、これはまぎれもなく「刺青」による谷崎の耽美主義の誕生を告げるものであった。

作品に即して言えば、章三郎は〈異端者たりえぬ悲しみ〉を披瀝しつつある時点では、心弱き性をもつ存在であるが、やがて妹を見殺しにし、それと引き換えにするかたちで、「甘美にして芳烈なる芸術」を手にする時点ではもはやそういうことはない。換言すればあくまで自己を「異端者」と信じようとする情熱が、遂に前人未踏の異端の夢を実現したわけで、そこにあるのは強烈な自己主張であり、あくなき自己過信であり、傍若無人、あるいは独立排除的《エクスクルーシブリー》な資質実現への執着である。

この自己への信念の強さ、情熱の激しさの点で、章三郎と李徴が対比的であることは自明だが、しかしこの点をいくら精細に辿ってみたところで、堂々めぐりで論理の新たな地平が見えてこないことも明らかであろう。私がここで本命としない所以はそこにある。

トニオの「三つの別れ」

『トニオ・クレーゲル』には三つの別れがある。

第一は一四歳の時、同級生のハンス・ハンゼンと。ハンスからそれまで数々の裏切りにあいながらも二人の仲は続いてきたが、トニオが決定的に別れを自覚したのは、ハンスが「ドン・カルロス」よりも高速度写真の入っている馬術の本の方が好きで、資質・性格・趣味において別の世界の人間であることが明瞭になったからである。

第二は一六歳の時、インゲ・ボルク・ホルムと。この魅力的な金髪碧眼の美少女は未来の上流紳士淑女のためのダンスのレッスン中、トニオの失敗に笑いころげ、慰めやいたわりを示すやさしさは微塵もなく、片思いに終止符を打つほかはなかったのである。

第三は三三歳頃、ハンスとインゲ夫婦に代表される俗世間との訣別。二〇歳過ぎにクレーゲル家が崩壊し、放浪生活に入ったトニオは三三歳、詩人として名を成し、一三年ぶりに故郷の北ドイツに帰る。しかしトニオの方では知っていても、向こうから彼を知っている者は誰もいない、生家は大衆図書館になり、ホテルでは手配中の詐欺師の嫌疑をかけられる始末。故郷をあとにデンマークの海辺のホテルに滞在しているところへ、今は結婚したハンスとインゲの夫婦が偶然団体旅行で訪れて同宿する。トニオはわかるが二人は気がつかない。名乗り、声をかけ、ダンスや談話の中に何度も入ろうとするが、結局やめる。所詮彼らとの間には「言葉」が通じないから。

こうしてトニオはハンスやインゲの属する世界に未練たっぷり、色気たっぷり、何度も俗界にひき返そう、その甘美な誘惑に身を任せようとし、激しい「嫉妬」と限りない「憧憬」を覚えつつ、最後の一線で踏みとどまって自室のベッドに身を投げて「悔恨と郷愁にすすりな」くのである。

この作品で特徴的なのは、ここにあるのはトニオの〈自意識の劇〉であり、〈内面のドラマ〉であって、外面的には何の変化もないことである。

ハンスもインゲも昔のまま、以前のまま、何も変わらず、何も知らず、トニオの自己認識、内面の転換にダイヴィングボードの役割を果たすものとしてのみ登場させられている。だから一方的であって、言葉の真の意味でのドラマはそこにはない。

『トニオ・クレーゲル』は芸術家と市民、あるいは芸術家生活と市民生活の二律背反、相克を痛切に認識し、その過程において動揺・悔恨・郷愁はあっても、結果としては両者の関係をキッパリ峻別するに至る物語であって、その点で先にふれた「異端者の悲しみ」と同断である。

二作共に主人公の信念の強さ、情熱の激しさ、おのれを貫徹実現させる強烈な個性という点で共通しており、「山月記」の李徴と対比した場合に明らかに対照的である。

李徴の場合、再び仕官したのは「己の詩業に半ば絶望したためでもある」というように自らの詩才への信念はぐらつき、情熱は半端で、エゴイストにもアンチヒューマニストにもなりきれない弱い存在、自己内部の主張の稀薄な存在、弱性の人間という点できわだっており、そこに李徴の弱さ、欠陥があることは確かであろう。

但し誤解のないように言っておくと、この指摘（及び以後のものも）は作品を対比してその特徴を明らかにするためのものであって、決して作品の価値の良し悪し、評価の優劣を判定する条件というものではない。だから例えば李徴にこういう弱点があるにもかかわらず、私は作品の持つドラマティックな衝撃力という点では、「山月記」は決して前引の二作に優るとも劣るものではないというふうに考えているわけで、特にこの点を断っておきたい。

作家と対象との関係

トニオが芸術と芸術家について語る部分に次のような一節がある。

人間的なものを演じたり、弄んだり、効果的に趣味深く表現することができたり、また、露ほどでも表現しようといふ気になるにはですね、われわれ自身が何か超人間的な、非人間的なものになつてゐなければならないし、人間的なものにたいして奇妙に疎遠な、超党派的関係に立つてゐなければならないんです。様式や形式や表現への才といふものが、既に人間的なものにたいする、かういふ冷やかで小難しい関係、いやある人間的な貧困と荒廃を前提としてゐます。（中略）芸術家は、人間になつて、感じ始めると、もうおしまひです。

作家と対象との関係、作家の立場を小気味よい程直截的に断ち切って見せた提言として示唆に富むものである。

例えば中島の先蹤の一人、芥川龍之介もまたこの問題について深く考えた一人であるが、初期の芸術観を披瀝した「芸術その他」(大八・一一『新潮』)は重要な指摘を含む卓抜なエッセイであるが、創作家、実作者の書いたものだけに、その断章すべてが容易に理解されているわけではない。中でとりわけ難解とされ、様々な解釈がなされているのが次に引用する断章である。

僕等が芸術的完成の途へ向はうとする時、何か僕等の精進を妨げるものがある。偸安の念か。いや、そんなものではない。それはもつと不思議な性質のものだ。丁度山へ登る人が高く登るのに従つて、妙に雲の下にある麓が懐かしくなるやうなものだ。かう云つて通じなければ―その人は遂に僕にとつて、縁無き衆生だと云ふ外はない。

芸術家はトニオが言うように〈人間的なもの〉を表現する時には「人間になつて、感じ始めると、もうおしまひ」で、「超人間的な、非人間的なものになつてゐなければならず」、つまるところそれは「ある人間的な貧困と荒廃を前提としてゐ」るとすれば、芥川の言うように芸術的完成への途次において「僕等の精進を妨げるもの」があるのは当然で、登山者の比喩はその代表としての〈喪失感〉の表出にほかならない。「地獄変」の良秀が娘を、章三郎が妹を、トニオがハンスとインゲの喪失を代償として作品を手にする所以である。

これに対して李徴はどうであったか、と問えば「妻子の衣食のために遂に節を屈して、再び東に赴き、一地方官吏の職を奉じ」た彼に、今問題にしている〈超人間的なもの、非人間的なもの〉が欠如していたことは明白である。

従ってその意味では、李徴の状況設定は上記の諸作に対比してみた場合に明らかに微温的であり、中途半端であり、圏外にあると言わざるをえない。

芸術家と倫理

更にトニオは芸術家と人間、あるいは倫理との関係について、銀行家で小説も書く天分をもった知人を例に次のように言う。

> この男は（中略）重禁錮を喰つたことがあるんです。（中略）この男が自分の天分を自覚したのはそもそも監獄の中でのことだつたんです。（中略）詩人になるためには何か監獄みたいなものの事情に通じてゐる必要がある。（中略）小説を書く銀行家、たしかにさういふ人間は珍しい。しかしね、犯罪なんかに無関係な、無きずの手堅い銀行家でしかも小説を書くやうな男—さういふ人間は絶対にゐないのです。（傍点原文のまま）

勿論これは前項に述べたことと密接に関連しているわけで、〈超人間的なもの、非人間的なもの〉を一層具体化して提示するとともに、倫理との関わりを〈犯罪に無関係な小説書きはゐない〉というふうに問題を一層尖鋭化してつきつけている。

すぐれた新しい小説というものは、固有の新しい倫理を提示しているのが通例であるとすれば、旧来のモラルを打破し、新しく〈この人を見よ〉という以上〈監獄の事情〉に通じざるをえないのは必然のなりゆきである。その点では章三郎も良秀も立派に有資格者であってこの点でも李徴とは異なっている。

李徴の場合反倫理的な点はどこにもないわけで、この小説のオリジナリティはかかって変身のロジック—存在の不条理性と性格の悲劇（とりわけ後者にウェイトがかかっている）—の提示にある。その点ではトニオも同断で、作中でのこの主張にもかかわらず、犯罪とはかかわらない。それは勿論トニオの存在自体が主張の提示になっているからで、その点で両者は双生児である。

ディレッタント批判

最後にもう一つだけ『トニオ・クレーゲル』からとりあげておきたい。それはディレッタント批判である。

芸術にちよつかいを出す人生といふものほど傷ましいものはありませんからね。われわれ芸術家は、をりをり一寸芸術家にもなれると思ひこんでゐるディレッタント、人生の強者をこそ何者よりも徹底的に軽蔑します。本当ですよ、これは口先だけでかういふんぢやない、心《しん》からのことなんです。（中略）自分の生命を代償にすることなく、芸術の月桂樹からはただの一葉も摘み取ってはならないのですからね。

その例としてトニオは、ある少尉がパーティで突然自作の詩を朗読して一座を白けさせてしまったことを引き合いに出して、痛烈にディレッタントをやっつけるのだが、その背景には当然現世における強者としてのディレッタント批判があることは言うまでもない。物質本位で、テンから精神を必要とせず、「ドン・カルロス」よりも高速度撮影写真の入っている馬術の本の方が遥かに好きな人間たちを峻しく拒絶し、芸術作品の創造とは作家の生命を削り取るいとなみであり、生命を代償とすることなくして創造はありえないのだと断じているわけで、これは丁度たびたび引いてきたが、娘の焚死を代償に傑作を手にした「地獄変」の良秀がそれから間もなく縊れて死んだことがその間の事情を告げていよう。ついでに言っておけば、李徴はデーモンに憑かれた詩人の苦悩を告白したのちに死が——虎としては生き残っても、もはや人間的な死は確定的な事態であることが示されている。その点で「山月記」は出口のない袋小路であり、行き止まりの世界である。これに対して『トニオ・クレーゲル』は一つの通過点であり、通過儀礼であって、トニオ・クレーゲルはそこを通るごとに成長——換言すれば認識と孤独を深めてゆく筈である。

トニオと李徴との相違

以上の極めて大束な検討によっても両者の相違は明瞭になったと思うが、更に幾つかの指摘を付け加えておきたいと思う。

トニオは芸術家と市民・芸術家生活と市民生活を始めとして、作家と対象との関係・芸術家と倫理・ディレッタントと芸術、等々の芸術観、あるいは芸術論等の問題に関して明確な認識と観念を所有していることは今更言うまでもないであろうが、ここでトニオが最も強調したかったことは結局のところ、芸術家と市民の二律背反のテーマであったと思う。

それに対して李徴の方はそういう芸術観・芸術論は殆ど述べていないわけで、そこに両作の性格の相違の一点が存在する。

トニオと違って李徴が主張するのは、存在の不条理性、デーモンに憑かれた人間の苦悩、臆病な自尊心と尊大な羞恥心という性格の問題であるが、無論これらは密接に関連していて、一言で言えば尊大な自我ゆえに虎と化してなお詩に執している男の苦悩であるといっていい。もっと約めて言えば詩人失格者の嘆きであって、この点で「無名作家の日記」と同断である。従って「山月記」の空間は恐ろしく狭隘である。『トニオ・クレーゲル』とは格段の相違である（但し、始めに言ったようにそれをダイレクトに作品の価値評価、優劣に結びつけようとするつもりはない、両者の特徴をハッキリさせようというのが当面の目的である）。

つまり、李徴の場合は芸術家として立つことができなかった無名詩人の嘆きが連綿と吐露されているわけで、その先に発展はない。展開の為には嗟嘆ではなく主張が、涙の代わりに信念と情熱が不可欠であるからで、この意味で李徴は詩人となるスタート地点で自分一個の感情に執してわめいているわけで、甘えは歴然としていよう。トニオとの比較で言えばその径庭は「行った」と「来た」との違いがあると言ってもよいかもしれない。

しかし、無名の作家中島敦にとっては、このデーモンに魅入られた作家への執念こそ、存立を賭けた生涯の大事であったわけで、他の一切は捨象してもこの一事を書き残さずしては「死んでも死にきれ」ず、「人虎伝」に框を借りて思いのたけを安心して告白できたことによって、「山月記」の純一性・集中性・結晶度の高さが保証され、類稀なインパクトの強さが将来されたのだと考える。

無論、李徴と中島のレベルは異なる。虎と化した李徴は日に日におのれの中の人間が死んでゆく時間の増えていることを告げ、間もなくその死が暗示されて物語は終わる。

作品における虚構の死が、実人生において生に転じるというからくりがあり、丁度「若きウェルテルの悩み」において、ウェルテルを自殺させることによってゲーテが転生したと同じような事情がそこにはあったと考えられる。

ゲーテは中島の愛読書の一つであったが、同時代の作家で言えば、一〇歳ほど上に梶井基次郎があり、両者の間に具体的な交渉はなかったようだが、「檸檬爆弾」をセットして牢獄の厚い壁を爆破しようとする「黒き犯人」におのれを擬して歩み去る姿には、山野に咆哮する虎と通底する同時代のブラックユーモアが流れていることは確実であろう。

4　夢と現実の転倒——芥川龍之介と中島敦

芥川と中島

芥川と中島については、デビュー当時から芥川の再来と評されたようにその同質性、類縁性が指摘されてきたが、それらは概括して言えば両者の同質性よりも異質性を、類縁性よりも異同性の方を結果的にきわだたせることになっていると言っていいように思う。

一見すると芥川の影響下にあると見えながら、では具体的にそれを検証してみようとすると手がかりを残していない、というのが従来の通説だったと言っていい。

しかしながら、この〈芥川と中島〉というテーマについて率直に私見を述べさせてもらうと、従来は余りに性急に結論を求め過ぎてきたと言ってよいように思う。細部の問題、殊に表現の問題などは殆ど問題にされてこなかったと言っていい。

が、表現を措いて作品の問題は無いとして彫心鏤骨、刻苦精励したのが芥川であり、中島もまた、同様であったことについては曾て拙稿で指摘したことがあり[1]、また〈神は細部に宿り給う〉ものであるとすれば、何よりもその点について事実を調べ、きちんとした実態を明らかにしておく必要がある筈である。それをヌキにした両者の比較などは所詮砂上の楼閣に過ぎない。

この観点からすれば〈芥川と中島〉のかかわりは、通説に言うように決して薄いわけではない。本稿では以下にその一端を指摘しておきたい。

構造的美観

中島が芥川をよく読んでいたことについては曾て次のように指摘したことがある。

その一つ(2)は卒業論文「耽美派の研究」の「第四章　谷崎潤一郎論」の中で、芥川との論争で谷崎が「文学に於いて最も構成的なものを小説とする」意見を述べたのに対して、中島はこれを批判して次のように言う。

> 私の考へによれば、文学に於いて最も構成的力量を必要とするものは、戯曲―劇―である。

しかしこれは少し注意深く読めば芥川・谷崎論争の中で芥川が谷崎の言葉を受けて次のように切り返した一文を露骨に転用したものであろう。

> 『凡そ文学に於いて構造的美観を最も多量に持ち得るもの』は小説よりも寧ろ戯曲であらう。
> （「文芸的な、余りに文芸的な」）

中島は昭和七年度の卒業生であり、近代文学を卒業論文の対象にする学生が少なく、近代文学の講座そのものがなかった時代であることを考慮に入れても、「私の考へによれば」というのは僭上の沙汰との誇りを免れないかもしれない。

微妙なもの

二つめは「山月記」で議論のかまびすしい、「第一流の作品となるのには、何処か（非常に微妙な点に於いて）欠ける所があるのではないか」という部分についてである。

この部分の「欠ける所」については、それがなんであるかをめぐって諸説紛としているが、私見では従来の「宝さがし」はもはや排すべきことを説いて新たな読みを提示しておいた(3)のでここでは繰り返さない。

ところでこの部分にある「微妙な点」については芥川の「文芸的な、余りに文芸的な」の中の「十三 森先生」にヒントを得たものであろう。

けれども先生の短歌や発句は何か一つ微妙なものを失つてゐる。詩歌はその又微妙なものさへ摑めば、或程度の巧拙などは余り気がかりになるものではない。が、先生の短歌や発句は巧は即ち巧であるものの、不思議にも僕等に迫つて来ない。これは先生には短歌や発句は余戯に外ならなかつた為であらうか？

しかしこの微妙なものは先生の戯曲や小説にもやはり鋒芒を露はしてゐない。（かう云ふのは先生の戯曲や小説を必ずしも無価値であると云ふのではない。）のみならず夏目先生の余戯だつた漢詩は、—殊に晩年の絶句などはおのづからこの微妙なものを捉へることに成功してゐる。（若し「わが佛尊し」の譏りを受けることを顧みないとすれば。）

ここで芥川は繰り返し鷗外の作品には「微妙なもの」が欠如していることを指摘し、「畢に詩人よりも何か他のものだつたと云ふ結論」を引き出しているが、そこには明らかに芥川自身の晩年の文学観—〈詩精神〉を全てに優先して第一義とする考え方が露呈されているといっていい。

ついでに言っておけば、このような芥川の晩年の文学観は、率直に言って頗る奇妙な、バランスを失したもので、過度の詩コンプレックス、あるいは詩人コンプレックスの所産といってもいい筈で、芥川の文学観を云々する場合には、時期による変化と同時に、特有の歪みや偏差があることを十分考慮した上でなされるべきであることも云っておきたい。

話をもとにもどすが、ここでいう「微妙なもの」と、「山月記」にいう「微妙な点」とは無論内容は異なるが、しかし中島がその表現に至りつく過程で、芥川のこの部分の表現に負っていることは疑いを入れないであろう。

世界がスピノザを

三つめは拙著『中島敦論—『狼疾』の方法』（平二・五・二五　有精堂）を上梓する際に、「光と風と夢」論の注（9）（二四二頁）に、新たに結論だけを書き加えておいただけなので、見落とされた方も多いと思われるので、以下に原文を引いて根拠を明らかにしておきたい。
中島は死の前年、昭和一六年四月から一年間横浜高等女学校（現在の横浜学園）を休職して年々悪化の一途を辿る喘息を治療するとともに、宿願の作家として立つ足がかりも得たいと企図していたようである。
休職して一カ月ほどたった頃、旧友の田中西二郎に次のような返事（昭一六・五・八付敦書簡。筑摩書房版第三次中島敦全集第三巻　〇二・二・二〇）を書いている（一部省略）。

君の手紙は、少し、悲しいやうに思ふ　悲しいのは余り良いことだと思はないが、如何？　世界［を］がスピノザを知らなかつたとしたら、それは世界の不幸であつて、スピノザの不幸ではない、といふ考へ方は痩我慢だと思ひますか？　とにかく、僕は、そんな積りでもつて、西遊記（孫悟空や八戒の出てくる）を書いてゐます、僕のファウストにする意気込なり。どうして日本支那の文学者は、此の材料に目をつけなかつたのかな？

田中は中島より二歳上の明治四〇年（一九〇七）生まれで、東京商大（現在の一橋大学）を卒業後、中央公論社、日本文芸家協会、華北総合調査研究所などに勤めたが、一般にはメルヴィル「白鯨」、グリーン「愛の終り」などの翻訳家として知られている。中島との交友は古く、一高生となった中島が縁戚の弁護士岡本武尚の東京渋谷の家に寄寓し、岡本の息子武夫が当時東京商大の学生であった関係から、友人の田中が岡本家に出入りしているうちに親しくなり、生涯交友は絶えず、田中の中央公論社勤務中には『中央公論』の懸賞募集に応じた生原稿の「虎狩」を見てもらい、「非常に面白く拝見した」（昭九・四・二九付田中書簡　筑摩書房版第三次中島敦全集別巻　〇二・五・二〇）からと田中が編集部に直接届けてくれたこともあった（この時は選外佳作であった）。

その田中が悲観的な手紙をよこしたのに対して中島が、胸を張り、昂然とした態度で応じたもので「僕のファウストにする意気込」で「悟浄出世」を執筆中の自信と喜びを記している。

とりわけ、

　世界［を］がスピノザを知らなかつたとしたら、それは世界の不幸であつて、スピノザの不幸ではない

というセリフは名言で、一度読んだものには忘れられない強烈な印象を残す。

加えて中島は自分を売りこむことは一切せず、社交嫌いで大言壮語とは無縁で、こうした言辞を全く洩らしていないだけに、このセリフは中島ファンにとっては胸のすく鮮やかさをもっているのである。

典拠は「彼　第二」

ところでこの名句の由来、あるいは典拠について管見の範囲ではこれまで誰も指摘していないようであるが、これは芥川の小説「彼　第二」（昭二・一『新潮』）の主人公ジョーンズの次のセリフにヒン

トを得たものであろう。

「まだ君には言はなかつたかしら、僕が声帯を調べて貰つた話は？」

「上海でかい？」

「いや、ロンドンへ帰つた時に。—僕は声帯を調べて貰つたら、世界的なバリトオンだつたんだよ。」

彼は僕の顔を覗きこむやうにし、何か皮肉に微笑してゐた。

「ぢや新聞記者などをしてゐるよりも、……」

「勿論オペラ役者にでもなつてゐれば、カルウソオぐらゐには行つてゐたんだ。しかし今からぢやどうにもならない。」

「それは君の一生の損だね。」

「何、損をしたのは僕ぢやない。世界中の人間が損をしたんだ。」

「彼　第二」は死を決意してその準備を急ぎつつあった芥川の〈点鬼簿〉—亡友列伝の一つである。因みに同月に発表した「彼」（昭二・一『女性』）は三中時代の友人平塚逸郎で、六高に進学後、病を得て（結核）夭折した薄幸の生涯をたどったものである。

T・ジョーンズ

「彼　第二」の主人公は同じく実在の人物でアイルランド人、トーマス・ジョーンズである。ジョーンズは大正四年に来日して大倉商業で英語の教師となり、のち大正八年頃やめてロイター通信社に入り、上海支局に移ってまもなく大正一二年に天然痘で没した。三三歳であった。

芥川は東大の学生時代すでにジョーンズと知り合ったようで、遅くとも来日間もない大正五年初めには交友があり、久米正雄や成瀬正一、松岡譲らの『新思潮』同人とも交際があった。ロイター記者となって上海に赴任するに際しては、大正八年九月二四日に芥川・久米・成瀬が鶯谷の料理屋伊香保に芸妓を呼んで送別会を開いている。

「彼　第二」に記すところのジョーンズは、一口に言えばすぐれた芸術家的資質に恵まれながら、生来の行動的ロマン主義者故に次々に行動に走り、遂にその能力を発揮する機会もなく、災厄にあって病没した人間、というイメージでとらえられている。

つまり、彼は自らを例えば、

「僕はそんなに単純ぢやない。詩人、画家、批評家、新聞記者、……まだある。息子、兄、独身者、愛蘭土人……それから気質上のロマン主義者、人生観上の現実主義者、政治上の共産主義者……」

というふうにとらえてみせ、更に本稿で問題にしている前引の「世界的なバリトオン」の「声帯」

の持ち主でもあると判明したと続き、エンリコ・カルウソウぐらいにはなっていたとウヌボレる場面である。

中島はこのジョーンズのセリフにヒントを得、それに「ある時は整然として澄みとほるスピノザに来て眼をみはりしか」と詠って、かねてから敬愛するスピノザを配して、くっきりとした輪郭を持つ、イメージ鮮やかな警句《マキシム》がそこに完成されたのだと思う。

意識と無意識

芥川に「夢」という作品がある。生前未発表で没後に全集に収録され、執筆は昭和二年と推定されている。四〇〇字詰め原稿用紙に換算して一七枚弱の短編で、素材・テーマ・表現から考えて晩年のものであることは間違いなく、昭和二年とする執筆時期は妥当なものといっていいように思う。

管見の範囲ではこの作品について論じたものは見当たらないので、内容を紹介するところからはじめたい。

主人公は東京に下宿する独身の画家で、「すつかり疲れ、肩や頸の凝る」ほか、ひどい「不眠症」でたまたま眠っても「いろいろの夢を見勝ち」で何をする気もなく「憂鬱」にとらえられている。そこへ金が入り、久しぶりにモデルを雇うことができるようになって制作欲が高まる。

紹介所を通して派遣されてきたモデルは美人ではないが、健康で「体は一殊に胸は立派」であり、体全体に「野蛮な力」を蔵していて、丁度タヒチの「ゴオガンの画集」のモデルたちのように、「荒あらしい表現を求めてゐるもの」が彼女の中にはあった。ところが日が経つにつれ、彼の「力量」ではそれを表現することは不可能であり、次第に彼女に圧迫され、「威圧」を受け、制作ははかどらなくなり、以前のように「憂鬱」が始まる。

そうしたある夜、彼はモデルを絞め殺す夢を見るが、その翌日彼女は終日待っても来なかった。その時彼は不意に「一二三年前の出来事」を思い出す。今日と同じような夕暮れ時、子供の彼は庭の縁先で線香花火に火をつけていたのだが、大声で「おい、しつかりしろ」とどやされて体をゆすぶられたことがあった。気がついて見ると、彼は家の後のネギ畑にしゃがんでネギにせっせと火をつけていたのだった。この出来事は彼を「無気味」にさせる。というのは「わたしの生活にはわたし自身の少しも知らない時間のあることを考えない訣には行かなかつた」からであり、それは必然的に「わたしはゆうべ夢の中に片手に彼女を絞め殺した。けれども夢の中でなかつたとしたら、……」として意識しない空白の時間における殺人の可能性に考えをさそうからである。

次の日もモデルは来ないのに不安をつのらせた彼は紹介所に行き、彼女の安否を尋ねるが主人も知らないので、直接訪ねることとして住所を教えてもらった。それは本郷で、以前彼女が彼に言っていた谷中ではなかった。本郷の下宿の洗濯屋では「おととい」から帰らないといい、時には「一週間も帰つて来ない」こともあるといった。その帰り路、本郷の寂しい通りを歩いている時に、夢の中で同じ経験をしたのを思い出す。そしてその時の夢の中でもまた同じ経験を繰り返していた。それから先の夢の記憶は残っていないが、「けれども今何か起これば、それも忽ちその夢の中の出来事になり兼ねない心もちもした」。

以上が「夢」のあらましだが、ここでとりあげられている、疲労・憂鬱・圧迫・夢・幻覚などはいずれも晩年の芥川作品に共通するものであって、その点から見てもこの作品の成立を「昭和二年」

とする推定は妥当なものといってよいであろう。

この作品は、「憂鬱」な画家が、モデル女の「野蛮な力」に圧倒され、それからのがれるために夢の中で女を殺すのだが、ポイントはそれは果たして夢の中だったのか、それとも現実にあったことなのかどうかがあいまいになってしまうというところにある。

構成からみると、最初夢の中の殺人ということははっきりしている。

しかし〈ネギの花火事件〉という体験をつきつけられると、我々には我々「自身の少しも知らない時間」というものの存在することを認識せざるをえないわけで、そうすると夢の中の殺人というのも怪しくなり、もしかしたらあれは現実に殺したのではないかという疑惑が起こってきても当然であり、その境界がボヤけてくる。

更にモデルの安否を尋ねての帰途、その状況が曾ての夢の記憶と同じであるということに気づき、更にその夢の中でまたこれと同じ経験を繰り返していることに気づくのである。

そして次には現実が忽ち夢の中に転化しそうな気がしたと続くのだが、ここには二つの問題があると思う。

一つは現実の体験と夢の体験の一致である。一種の既視感《デジャ・ビュ》といってよいであろうが、現実と夢はここでは一体なのであり、更に言えばその夢体験はもう一つ昔の同じ夢体験を喚起するのである。そのことがひとつ。

もうひとつは、夢と現実との境界がボヤケて曖昧になってくれば現実⇅夢の転化に違和感は無くなる筈である。

勿論、客観的にはそれを発狂というわけだが、これはその一歩手前の状態を描いた作品といってよいであろうし、この作品の描くものは夢と現実との逆転であり、あるいはその融解・融合といってよいであろう。

芥川が提示したこの問題は、換言すれば人間の内部における意識と無意識の問題という二〇世紀文学の課題にほかならないわけで、それにいちはやく先鞭を付けた芥川の先見性は評価されてしかるべきであろう。

但しそうはいっても、先駆的な試みの意義の点ではいささかも減じることはないが、作品としての完成度や、読者へのインパクト、衝撃力という点では残念ながら弱いことは否定できない。

しかしながらそれは次の世代の仕事になるわけで、そこまで完成品を要求するのは望蜀の言というべきであろう。次代でそれを成し遂げた一人が中島敦であった。

夢の世界と現実世界の転倒

中島敦に「幸福」という短篇小説がある。第二短篇集『南島譚』（昭一七・一一・一五　今日の問題社）に初めて発表されたもので、パラオの昔話に取材した所謂南洋物の一つである。

中島の南洋物の楽しさは、風俗習慣を異にする珍談奇談が続出することと、もう一つ誇張と巧みな形容を駆使する表現のおもしろさにあると思われるが、本稿では厳しい紙数制限があるためそれを紹介できないのが残念である。

「幸福」の内容は図式的に言うと次のようになる。

島で一番貧しい哀れな下僕がいた。彼は島の支配者である長老の物置小舎の一隅に住み、一日中休む間もなくこき使われ、卑しめられ、食事はと言えば、犬や猫に与えられるようなものであった。過酷な労働と貧弱な食事はやがて彼に空咳と疲労（肺結核）をもたらすに至り、運命はきわまったかに見えた。ところが彼は一夜、夢の中で長老になり、贅沢三昧に耽り、大勢の人間を支配する夢を見た。それが連夜にわたって続くうちに、彼の長老ぶりも板につき、中でも下僕の中に長老がいて、彼を恐懼する様が一通りではないのでおもしろがって酷使する。そのうち夢の中の美食のせいか、体はふとり、空咳もなくなって若返ってくる。

一方、下僕が夢に長老になるのと同じ頃から、長老は夢に一番貧しい下僕になり、ありとあらゆる労働が課せられ、食事は犬猫と同じものしか与えられない。彼に命令する主人と言うのは、昼間は自分の最も卑しい下僕なのだが、これが意地悪く次から次へと無理を言うために、長老は次第にやせ衰えて空咳までするようになった。

遂に腹を立てた長老は下僕を呼んで夢の中での復讐をはかるが、目論見はもろくも崩れる。曾ての下僕はでっぷり肥り、威風堂々、自信に溢れていて圧倒されるばかり、叱ることなど思いも寄らず、ただ溜息をつくほかはなかったからである。

中島がここで描いているのはもはや明らかなように、夢と現実との逆転であり、下僕の夢は現実に彼を長老へと変身させ、逆に長老は下僕へと転落する。

あるいはこう言いかえてもよい。夢の世界と昼間の世界とは、どちらがより現実なのかと言えば、下僕と長老の変身が証すように夢の世界は昼の世界と同じく、あるいはそれ以上に現実であるということに他ならない。

芥川が晩年に、夢と現実、あるいは意識と無意識との問題として不器用に提示したものを、中島は南洋パラオの昔話という設定を借りて鮮やかに一篇に仕立てあげたと言ってよいと思われる。

序でに言えば中島に「木乃伊」という作品があり、そのポイントは「前世の自分」を思い出すと、その「前世の自分」が更に「前々世の自分」を思い出すというように、合わせ鏡の如く果てしなく連続する過去の記憶に昏倒し、発狂する場面は、芥川の「夢」の末尾で夢の体験の記憶が、更にもう一つ前の体験の記憶を喚起するところにまっすぐつながっていると見てよいと思われる。

注

（1）拙稿「『谷崎潤一郎論』―『耽美派の研究』序説」（昭五四・三『国文学論考』15号。のち『中島敦論―『狼疾』の方法』平二・五・二五　有精堂所収）

（2）注（1）に同じ

（3）拙稿「『山月記』を読む―作品論の立場から―」（昭六三・九『言語と文芸』103号　桜楓社）この稿はそれより一年前の大塚国語国文学会主催のシンポジウム「山月記」（昭六二・七・一一　東京文化会館）に講師の一人として発表したのをまとめたもの。のち注（1）の拙著に収録。

あとがき

芥川龍之介を初めて読んだのは中学生の時で、文庫本の『傀儡師』であったが、表題は読めなかった。その本は友人のS君から借りて読み、一読してそのとりことなった（当時の文学少年グループの一人S君は、死病を得て、今病中にある。もう一人の早熟な、頽唐派のR君は、小学六年生の時にバルザックの『風流滑稽譚』を貸してくれたが、二十歳の時に心中した）。それ以来の愛読者なので期間は長いが、繰り返しや重複が多く、それらを削ると論文は御覧の通りである。従ってこの辺で中仕切りとすることにした。なお、本書は、日単位の詳細年譜と、芥川小百科事典を兼ねた拙著『年表作家読本　芥川龍之介』（92・6・30　河出書房新社）に続く、芥川について二冊目の本である。

中島敦には高校生の時に出会ってブルブル震えだした衝撃を今に忘れない。前著『中島敦論―『狼疾』の方法―』（90・5・25　有精堂）をまとめる契機となったのは、腎不全と言う死病を得たことによるが、幸いにして姉から腎臓を一個贈られて再生することができ、その間筑摩書房から勝又浩氏等と新しい『中島敦全集　全三巻別巻一』（共編、01～02）を刊行し、今年は術後、満十七年となり、折から古希となることを記念して中島敦についての論も少し加えて一本にまとめることとした（「ブリリアントな才華の片鱗」を再録したのは、芥川、梶井、川端などと比較対比して論じているからで、諒とされたい)。

もう少し論文についての思い出を記すと、I—1の「漱石と芥川」は私が芥川について初めて書いた論文で、越智治雄氏から着想が面白いとほめられて、書いて行く自信が出てきたことを思い出す。4の「あの頃の自分の事」については大屋幸世氏の力強い言葉に後押しされ、6の「南京の基督」については尾形仂先生からの御教示と、平岡敏夫氏から過分のお言葉をいただいた事など、忘れがたい。

本書の刊行にあたっては藤本寿彦氏、翰林書房の今井ご夫妻のお世話になった。心からお礼を申上げる。

二〇〇六年二月

横浜の寓居から遠く丹沢の山塊を眺めつつ

鷺　只雄

初出一覧

＊本書の西暦の表記では頭の二桁（19、20）を省略していることをおことわりしておきたい。

I　芥川の作品をめぐって

1　芥川と漱石―漱石書簡の評をめぐっての断章（73・3　都留文科大学『国文学論考』9）
2　「或日の大石内蔵之助」（99・11『解釈と鑑賞』）
3　作家の中の「馬琴」―芥川龍之介（79・12『解釈と鑑賞』）
4　「あの頃の自分の事」論―「松岡の寝顔」の意味するもの（77・3『国文学論考』13）
5　愚人と殉教―「きりしとほろ上人伝」攷（81・2　高田瑞穂編『大正文学論』有精堂）
6　「南京の基督」新攷―芥川龍之介と志賀直哉（83・8『文学』）

II　芥川をめぐる人々

1　芥川龍之介と漱石・鷗外（82・7『一冊の講座　芥川龍之介』有精堂）
2　虚構の美学―芥川龍之介（05・7『日本文芸史―表現の流れ　六巻　近代II』河出書房新社）
3　新原敏三とは何か？（99・10『フォーラム　本是山中人』山口県玖珂郡美和町教育委員会）

III　中島敦をめぐって

1　作家案内―中島敦（92・12　中島敦『光と風と夢・わが西遊記』講談社文芸文庫解説）
2　中島敦の青春―一高時代の初期作品（89・3『国文学論考』25　のち、拙著『中島敦論』90・5　有精堂に収録）
3　中島敦とトーマス・マン（92・11　勝又浩他編『昭和作家のクロノトポス』双文社）
4　芥川龍之介と中島敦―「夢」をめぐって（94・3『国文学論考』30）

【著者略歴】
鷺　只雄（さぎ　ただお）
1936年福島県いわき市生まれ。東京教育大学（現在の筑波大学）文学部卒。都留文科大学教授を経て、現在同大名誉教授。
主要編著書に、『中島敦論』（90　有精堂）、『芥川龍之介』（92　河出書房新社）、『壺井栄』（92　日外アソシエーツ）、『壺井栄全集　全12巻』（97〜99　文泉堂出版）、『中島敦全集　全3巻・別巻１』（01〜02　共編　筑摩書房）、『ラルース　世界文学事典』（83　共著　角川書店）など。

芥川龍之介と中島敦

発行日	2006年 4 月 20 日　初版第一刷
著　者	鷺　只雄
発行人	今井　肇
発行所	翰林書房
	〒101-0051 東京都千代田区神田神保町1-14
	電　話　(03)3294-0588
	FAX　(03)3294-0278
	http://www.kanrin.co.jp/
	Eメール● Kanrin@mb.infoweb.ne.jp
印刷・製本	シナノ

ISBN4-87737-225-3